狩梦奇航 1 孤勇者的觉醒

郭妮◎著
索飞澜◎绘

云南出版集团 晨光出版社

果麦文化　出品

狩梦奇航的世界
Magic Dreamland

欢迎来到狩梦奇航的世界

谁在叫我？
狩梦奇航
漫游指南
-孤勇者的觉醒-
有时候，我会分不清，
梦境与现实……
这是哪儿……
我怎么又来到了这里？
你们，是在跟我说话吗？
我总觉得，与你们的相遇……好像是注定的。
总是梦到，同样的地方
与同样的人……

平行异世界的冒险勇士们
虽然我还不认识你们，但是，我感觉你们对我很重要。
勇气
你是在秘密的巢穴，还是在广袤的荒漠？
№ 20-12-0-0
你是在黑暗的岩洞，还是在光明的山巅？
这个男生有着不容置疑的强大。
他长得有点儿像我的同班同学。
坚毅

这个女孩能操控火焰，她让我不由自主地信任她。
偶尔近在咫尺，更多时各自天涯。
冷静
还有这位浅色头发的男生，他的想法让人捉摸不透。
但只要有他在，没有难题能难倒我们。
抉择

每一次从这个
梦中醒来，
我都会懊恼没能
问他们的名字。
如梦似幻，
如影随形……
不过没关系，
我有种预感，很快我
们就会在“某个地方”
相遇……
从未到来的幸福，
我能再得到
小小的幸福吗？

献给你一捧心之花瓣，
祝愿你扬帆远航，
前方道路都是温柔的海浪。

狩梦奇航
冒险开始！
梦境
准备……
警惕！HX-07型幻象病毒
查案民警不幸染病
A
米兰市虚构日报
严防新型病毒感染者新增，保卫市民安全。
最近在米兰市迅速扩散的幻象病毒，目前已经得到有效控制。
专家认为，这种新型病毒能影响大脑皮层，导致感染者看见奇怪的幻象，严重者还会发疯……
天台山疗养院的真面目，即将揭开！
家庭成员
No.1 母亲 崔如意
No.2 父亲 柳真夜
No.3 舅舅 崔启明
No.4 舅妈 梁凤霞
No.5 表弟 崔牛牛
【戏猴者】
易天爵
团队“力量担当”
因为体形壮硕、长相硬朗而被称为“明德霸王龙”，其实内心善良，充满正义感，在一次次的事件中和柳嘉等人渐渐成为朋友。
狩梦小队成员
揭秘

入侵现实!
狩梦任务
【任务关键词】
梦魇·幻象
有趣的
小家伙们……
No.1
祁莲秘书
龙巢基地&学校成员
No.2
傅古医生
戚梦来院长
No.5
同学 黎敏儿
No.3
老师 荷金娜
No.4
同学 贾子龙
〔八爪者〕
柳嘉
团队“主力担当”
身材纤瘦，头脑灵活，虽然因身世不幸、成绩吊车尾，而经常被人排挤，但是性格乐观，在关键的时候总能有出人意料的表现。
〔雪狼者〕
罗西
团队“智慧担当”
智商180的天才少年，性格桀骜不驯，对任何新奇事物都抱有旺盛的好奇心，因此常惹祸，虽然吓得伙伴惊慌失措，但最后总能完美收场。
〔智火者〕
戚梦萦
团队“领袖担当”
外貌出众，性格冷傲，有着同龄人罕见的成熟稳重与强大的知识和经验储备，在必要时是值得依靠的伙伴。
世界已危在旦夕!

狩梦奇航❶
孤勇者的觉醒 目录

狩梦奇航
孤勇者的觉醒

阅前须知！

本书中的故事情节与各类道具，均为作家在梦域空间中的所见所闻，所有剧情、场景与现实世界完全无关。

请勿将故事情节代入现实生活，更勿模仿其中的危险动作！如果你喜欢本书，请不要吝啬将它分享给你的伙伴们。

最后，希望你能从本书中获得奇妙的阅读体验！

如果遇见你之后的事情，

只能是一场梦。

请让我停驻在梦中，

永远也不要醒来。

和你一样，我曾经是一名追梦者。
直到某一天，我的膝盖被现实射了一箭。

人生最大的幻象是什么？
天真，我的孩子。

世间最美妙的音乐是什么？
沉默，我的孩子。

当你年少时，你可以活得勇敢而荣耀。
这样才不会被淹没在无人问津的角落里。
当你老了，头发白了，被人遗忘。

希望你还记得，我也在你身旁。

——龙巢基地第十一区院长 戚梦来

序幕

绘梦藏魇

最近米兰市木槿路出了件怪事，附近居民都议论纷纷。

公共停车场后面那片杂乱无章的樟树林里，夜晚偶尔会亮起诡异的灯火，可胆大的人跑过去察看时，樟树林里面却是一片荒芜，半个人影都没有。

传闻早些年间，那片樟树林后原本有一幢漂亮的白色大宅子，鲜红的蔷薇点缀着翠绿的围墙，相当雅致气派。但在一个阴冷潮湿的冬夜，大宅子里的一家人离奇失踪了。

再后来，因为常年无人维护，大宅子变得破败、荒凉，最终落得被拆除的下场。

据附近居民回忆，主人消失的那晚，发生的事怪吓人的。

有目击者称，当时大宅子房门反锁，壁炉里烧着火，餐桌上的晚餐才被吃完一半，唱片机正播放着古典乐《梦幻曲》，主人却像人间蒸发一样消失了。

负责这一片区的新晋巡警王庆龙，也听说过这个传闻。因此，当他在深夜驾驶警车沿着木槿路缓缓前行时，樟树林里那团微弱闪烁的光亮引起了他的注意。

王庆龙停车，缓步朝樟树林边走去。

此时已经是九月初，突袭米兰市的寒潮让整座城市都变得阴冷潮湿。

街道上早已经没有了行人，零星驶过的车辆碾过路面的积水，发出“哗啦”的脆响。人行道上的路灯无精打采地伫立在梧桐树旁，灯光被宽大的树叶遮挡，显得更加暗淡昏黄。

王庆龙不久前刚从警校毕业。凭着新人的兴奋劲儿，他从不放过任何一处可疑的动静，然而当他在樟树林中看见那幢爬满枯萎藤蔓的白色大宅子时，还是迟疑了一会儿。

“这里，什么时候有了一幢别墅？”王庆龙困惑极了，昨天这里还是一片荒地！而且这幢白色大宅子和居民们描述的那幢实在是像极了。

他停下脚步观察了一阵，才继续往前走。穿过一片朦胧的灰雾后，他轻轻地推开破败的木栅栏，走到亮着光的窗户旁。

窗内竟然是一间华丽古典的起居室——厚厚的羊毛地毯，雕花的古董家具，烧得正旺的壁炉前围着一圈沙发，室内陈列的标本、瓷器和壁画，一看就知道价值不菲。这一切让人无法将室内的奢华与别墅灰白破旧的外观联系到一起。

这时，虚掩着的窗户里，传来一位老人蹩脚的中文发音。

“孩子，狩梦人的故事，我们说到哪了？”

王庆龙瞥见，面对着他的沙发上坐着一位银色披肩长发的老人。

“爷爷，狩梦人早在四年前就船毁人亡了。”旁边的沙发上一位十岁左右的小男孩幽幽地说。因为角度的关系，王庆龙看不清他们的脸。

“噢……”银发老人的语气略显无奈，“在这个时空中，确实如此。”

“那么……孩子，你听过‘死灰复燃’这个词语吗？”老人接着提问。

“爷爷，和您之前讲的‘凤凰涅槃’，是不是同一个意思？”小男孩嗫嚅着回答。

“哦，不！”老人的声音透着儒雅和高傲，房间里响起一阵沙沙的翻书声，“中文博大精深。这两个词，分别描述了同一种状态下的两种不同境界。”

“爷爷，您的话太难懂了。”小男孩的声音有些忧郁。

“今晚……”老人稍微沉思了一下，“我们讲讲，在混沌小木偶诞生之前，你最感兴趣的那个创世女孩的故事吧。”

“好的，爷爷。”小男孩挪了挪位置，郑重地点了点头。

老人从壁柜深处找出一幅绘卷。他将绘卷拿到壁炉前小心翼翼地展开，炉火微微闪烁。

王庆龙屏住呼吸，从窗外看到那是一幅敦煌壁画风格、色彩绚丽的作品，描绘着一个女神飞天的故事。然而画面上的星图、飞船与复杂图腾，又令他对自己的判断产生怀疑。

“很久以前，有一艘星舰，旅途中降落在一个冰雪覆盖的星球上。”老人似乎陷入了一段久远的回忆中。

“星舰坏了，需要维修好才能继续上路，因此大人们非常忙碌。这时，星舰里的一位女孩倍感无趣，于是她带上宠物，趁大人们不注意的时候，偷偷地溜了出去。

“女孩在冰天雪地的世界里游玩，用随处可见的泥土雕塑成泥人，并且赋予它们生命。然后她给泥人们分配角色，一起玩过家家游戏，还教会牙牙学语的泥人们，称呼自己为妈妈。

“为了让小泥人快乐幸福地生活，女孩又多次返回，从星舰中偷取出材料，制作了一个完整的泥人族群生态链。”

老人顿了顿，指着绘卷上的某处，皱着眉说道：“时间过得很快，泥人们世代繁衍生息，人口变得越来越多……女孩的宠物小精灵 Zon 和 Gon 带着泥人们玩起了战争游戏。

“一次意外，水精灵 Gon 和火精灵 Zon 在玩耍时，不小心将女孩用来制造水源的天穹容器给撞出了一个大窟窿，滔天洪水和烈火陨石从窟窿里喷射到大地上，瞬间天崩地裂，泥人们死伤惨重……族群面临着灭亡的危机。

“当女孩从星舰赶来时，她看到自己建设的泥人乐土变得一片狼藉，内心十分难受。为了解救自己的泥人孩子们，她违反了星舰设置的时空禁制，从凶险的梦域秘境中，采集五色石块修补窟窿。”

“爷爷，梦域秘境是什么地方？”小男孩提问道。

“噢，梦域……”老人沉吟了一会儿，回答小男孩说，“简单来说，就是发射引力波连接亿万星球和时空的中央黑洞处理器。”

“那我平时做的梦……”小男孩有些似懂非懂。

“洛依，凡人的梦境，就是用来编织和打通梦域的代码和钥匙的。”银发老人摆了摆手，“关于梦域的知识，我们下次故事中会再细说。

“女孩从梦域里盗取了五色石后，她像织补渔网一般，把破碎的天穹一点点地缝合好。眼看就要大功告成的时候，原料却用完了。

“这时，星舰传来即将启程的轰鸣声。

“女孩心里想到，如果她就这样走了，天穹容器可能会随时崩裂，她的泥人孩子们就会永远生活在如同炼狱般的大地上。于是，女孩炼化自己来做原料，修补并加固好所有裂缝……”

沙发上的小男孩，有些别扭地调整了一下自己的坐姿。

“当星舰上的大人们找到女孩时……”老人悠悠地说，“发现她已经耗尽了生命力，身体化成了蜿蜒的山脉……”

小男孩紧张地吞咽口水，房间里响起了绘卷沙沙的翻页声。

“大人们非常悲伤……但事情已无可挽回。”老人继续说道。

“星舰起航了。

“大人们将女孩的船票留了下来，藏在女孩用身体化成的山脉深处。那是一串用梦域最珍贵的五色石炼制而成的、标记着完整超时空星图的帆船项链！”

“爷爷，那串项链是不是……”小男孩的声音隐隐有些兴奋。

银发老人没有回答，反而发出一阵懊恼的叹息声。

绘卷沙沙地翻到了最后一页，房间里的炉火晃动了一下，发出“噼啪”声。

“当、当、当、当——”

房间角落里的落地钟突然响起，发出一阵空洞的回音。

小男孩和在窗外侧耳倾听的王庆龙都被吓了一跳。

“洛依，到你睡觉的时间了——”老人将绘卷取下，放在沙发旁的茶几上。

小男孩低声嘟囔了几句，随即起身离开了客厅。

王庆龙看了看表——已经十点了。他很奇怪自己居然会听故事听得入了迷。至于这位老人，大概是这栋别墅的主人吧，碰巧正在给孙子讲睡前童话。

明天去局里，也许可以调查一下相关情况。

王庆龙长舒了一口气。当他正准备转身离开时，老人忽然伸出了一只干枯的手，从茶几上绘卷旁的一个古董首饰盒中，拎出一串银色项链。

项链末端悬挂着的，竟然是一枚反射着幽光的帆船吊坠！

“时间的尽头，是无尽的混沌——”

王庆龙惊恐万状地倒退了几步。这时，耳畔传来一阵翅膀扇动的声响。他定睛看去，竟是一只乌鸦！

这只乌鸦漆黑的翅膀末端长出另外两只锋利的尖爪，五只殷红的眼睛，正冷冷地注视着他。

王庆龙很肯定自己一生中从来没有这么害怕过。

当五眼乌鸦厉声啼叫，四周的温度便骤然下降，如同坠入冰窖一般。紧接着，无数只虫子从树林深处飞来，在一股诡异黑雾的包围下，王庆龙整个人被裹了起来。

王庆龙仿佛陷入了熟睡，周围是那么黑暗深沉，他的触觉、听

觉和嗅觉都从感官中逐渐剥离。

仿佛仅一瞬间，又似经历了永恒。

最后，他感觉自己的身体从极高的天空坠落，无法描述的疯狂色彩在他的视网膜上高速涂抹，形成了一个又一个宛若极光的旋涡……

忽然之间，混乱的一切又都清晰了起来——他发现自己漂浮在一个有着巨大幕墙的玻璃缸里。缸外是一个结构简陋的房间，几个摇晃着的白色模糊人形，不断发出重复的刺耳噪声。

他低头看了看，这还是自己的身体吗？通体透明，闪耀着淡紫色的光芒，没有心脏和骨骼。紧接着，一股水流从体内喷出，身体就像一顶小圆伞在水中漂游。

他竟然，变成了一只水母！

一阵风溜进了虚掩着的窗户里，来回翻阅着茶几上的绘卷。

老人像是完全没有觉察到窗外的动静一般，更无视栽倒在地的王庆龙，泰然自若地抬起手抚摸落在桌上的乌鸦。在炉火的映照下，乌鸦的五只红眼睛闪耀着诡异的光泽。

“时间的尽头，是无尽的轮回——”

两团妖艳的蓝火，在老人的眼眶里炙热燃烧。

诡异的黑雾从五眼乌鸦的双翅向四周弥漫，低沉的吟诵声缓缓传来……

时间之诗

我曾经 也想过告别现世，
登临绝境 却遗失了寂灭的勇气；
卑微怯弱，
犹如蝼蚁。
我过去 也怀抱好奇之心，
直至思维 日渐冰冻固如岩石；
情绪干涸，
林中枯木。

我从前 也试图摘取星辰，
触及星河 眼底时空不过蜃景。
光影泡沫，
南柯一梦。
啊，
这所谓，
生命永恒的界域。
星辰大海间，无尽的旅程。
迈向彻底的虚无。

序幕 结束

ACT 01

第一幕

柳嘉的日常

清脆的鸟鸣声中，九月的天光已经大亮。

云层遮挡住清晨的阳光，在林荫葱郁的花木苑小区投下一片灰白的阴影。

几辆没精打采的小汽车开始了一天的通勤，沿着斑驳的水泥路驶过。路边的广告栏里，张贴的医疗海报已经褪色发黄。

花圃中的杂草已长到半米多高。一位老人在旁踱步，手中的迷你收音机里，断断续续地传出新闻播报声：

“最近‘HX-07 型幻象病毒’正在米兰市扩散……

“专家认为，这种新型病毒能影响大脑皮层，导致感染者看见奇怪的幻象，重度患者将会影响精神状态……

“目前，新型幻象病毒的感染源尚不明确，专家呼吁市民保持心情舒畅，情绪稳定……”

自从幻象病毒在米兰市扩散，小区里晨练的人明显少了许多。

但仍有几位家庭主妇和老人闲不住，时常牵着小狗在院子里遛弯。

当他们经过 6 栋 109 室的窗外时，一只贵宾犬忽然对着窗口吠叫起来，接着柯基犬、小哈士奇纷纷甩动着尾巴，想要摆脱牵引绳。

主人们费了好大劲才让狗狗们安静下来，连忙牵着它们远离了 109 室。

“住在109 室的……就是那个柳嘉吧?”一位抱着贵宾犬的胖妇人神神秘秘地说。

“就是那孩子。”住在108 室的许老太是柳嘉的邻居，她安抚着怀里老掉牙的柯基犬，表情阴郁地说道，“柳嘉啊，总是说些奇怪的话。上次他居然对我说有一只长着獠牙的蝴蝶停在我肩膀上，让我快跑……我看了看，根本什么都没有嘛!”

“哎呀，我看见他有天放学，一边尖叫一边朝家里跑，说什么有只五眼乌鸦在追他。”牵着拉布拉多猎犬的少妇神情讶异地说。

“听说他还打过火警电话，说有巨型蜘蛛在家里玩火，要把屋子烧了……”

大家你一言我一语，讲述着柳嘉的“名人事迹”。

“这孩子真的没有感染幻象病毒吗?”一位中年妇人忧心忡

忡地说，“听说他妈妈崔如意，前阵子感染了幻象病毒，住院好一阵了，这病毒传染性挺强……”

“医院派人来检测好几次了，都说他很健康。”许老太摆摆手回答。

“难道是因为他爸爸四年前去世，精神受刺激了？”抱着贵宾犬的胖妇人同情地说。

“是啊……他爸是船长，遭海难整艘船都沉了！”许老太叹了口气。

“才十二岁吧？真可怜哟！”牵着拉布拉多猎犬的少妇感叹。

“可不是嘛。”许老太瞥了一眼 109 室主卧的窗户，“现在是舅舅和舅妈在照顾他，还带来了个调皮捣蛋的胖小子。”

叽叽喳喳，叽里呱啦……

十分钟后，热爱八卦的闲人们再次以“可真难哟”作为结束语完成了今天的讨论，然后各自回家，做饭、看电视去了。

此时，人们议论纷纷的 109 室里，依然一片沉寂。

这里和四年前相比，有了许多的变化——

灰白色的晨光透过窗帘，给这间曾经温暖整洁的屋子，染上了昏暗阴沉的色调。装饰雅致的客厅里乱糟糟的，到处散乱着玩具和没有吃完的糕点，雪白的墙上留下了几个脏兮兮的球印。钢琴上那幅柳嘉和父母的合影照，被一个插着苍蝇拍的玻璃花瓶挤到了角落里。典雅的餐桌上堆放着一堆塑料外卖餐盒，雕花陶瓷摆件里塞满了槟榔和花生，厨房工作台裹上了一层厚厚的油渍……

这一切都显示着，这间屋子曾经的主人已经不在了，而新来的人显然不怎么欣赏这里曾经的生活方式。

“阿嚏！阿嚏！阿嚏！”

此时，柳嘉已经在自己的卧室中醒了过来。他从床上坐起身，一连打了三个喷嚏，感觉房间里冷飕飕的。

借着微弱的晨光，他左右张望，发现自己竟然躺在一间爱斯基摩冰屋里！天花板和墙面都是厚厚的冰砖，就连铺盖都是冒着寒气的冰块……几只毛茸茸的竖琴海豹，正蜷缩在他的身边熟睡。它们只有拳头大小，浑身上下宛若冰雪，头上还生长着两只触角。

“今天卧室里的幻象又是爱斯基摩冰屋……是你们干的吗？”

柳嘉揉了揉鼻子，伸出手轻轻抚摸了一下小海豹们的头，竖琴海豹们撒娇地“叽叽”叫唤起来，柳嘉忍不住笑了。

正如邻居们议论的那样，柳嘉的确是个不同寻常的男孩。

他从记事起就经常做各种离奇的噩梦，即使是醒着，也经常会看见各种奇怪的幻象。而且在他的眼中，月亮永远都是红色的。

柳嘉起初以为，身边的人也都和自己一样；后来，又怀疑自己感染了幻象病毒。但在无数次被周围人嘲笑是“大话精”，以及体检显示他完全健康后，他才终于明白，自己是一个独特的存在。

柳嘉打了个寒战，屋子里的气温似乎还在持续下降。他赶紧伸手打开了刺眼的床头灯，冰屋幻象也随之渐渐消失，卧室显现出它原本的模样。

这是一间狭小的地下室，原本是花木苑小区附赠给一楼住户的储物间。

房间阴暗潮湿，靠近天花板的位置有个狭长的通气口，勉强能称之为窗户。

房间角落摆放着用布艺沙发拼凑成的床，旁边就是洗手间的门，再加上一张橡木折叠书桌、一个黑色的五屉柜，以及一个挂衣架，便什么也塞不下了。

整间屋子中，唯一有着温暖色彩的，是悬挂在墙上的一个手工日历表，那是妈妈亲手给柳嘉做的。9 月 30 日——也就是今天的那一格日历上，画着一个可爱的生日蛋糕，旁边用娟秀的字写着：小嘉生日快乐。

柳嘉是在半年前搬进这个房间的，因为舅妈说柳嘉老做噩梦，导致表弟崔牛牛的睡眠质量不太好，所以让崔牛牛独占了柳嘉的卧室。

不过柳嘉实在想不明白，人如其名、沾床即倒、呼噜连天响、壮得像头小牛犊的表弟，睡眠质量真的有那么差吗？

住在这个房间里，柳嘉可以听见这幢房子里任何一个地方发出来的声音，洗衣机、烘干机、抽油烟机，以及楼上的人半夜上厕所后马桶抽水的声音。

不过与尿床鬼崔牛牛一起睡觉相比，柳嘉更愿住在这里。

柳嘉翻身下了床，伸了个大大的懒腰，去洗手间快速洗漱完后，他走到穿衣镜前，打理了一下乱蓬蓬的鸡窝头。

镜子的边缘，贴着一张柳嘉与妈妈的合照。

柳嘉的妈妈崔如意曾是一名芭蕾舞演员，拍这张照片时，她尚未感染幻象病毒。那时的她容貌清丽秀美，笑容温婉。柳嘉的长相像极了母亲，只有那头如野草般乱蓬蓬的头发是父亲的复刻版。照片里的他被妈妈环抱着，满眼幸福。

“妈妈，早安！今天是我的生日，我的心愿就是希望妈妈能够早日康复。你说过，以后的日子我们要一起努力，对吗？”柳嘉对照片里的妈妈露出温柔的微笑，然后拿上书包和外套，离开了房间。

柳嘉来到一楼的餐厅时，舅舅一家三口已经坐在餐桌旁了。

舅舅崔启明是个喜欢斤斤计较的瘦高个，长着一张马脸，面相显得有些刻薄。他目前在一家财务公司做分析员，喜欢在餐桌旁看报纸，并对金融时事发表评论。

舅妈梁凤霞和表弟崔牛牛倒是像一个模子里刻出来的，圆圆的脸，眼睛和鼻子都小得可怜，胖墩墩的身材，还有“豁达”的胃口……

“妈妈——快点！我饿了！”当崔牛牛用他的“金宝贝童筷”使劲敲打着桌面时，柳嘉小心翼翼地挑了个离他稍远的座位。

舅舅皱眉看着柳嘉故意在客厅绕了一圈，然后才坐下。他摇了摇头，似乎对柳嘉的“病症”见怪不怪了。伴随着柳嘉坐到他附近，一阵冷风刮过，他猛然打了个喷嚏，蹙起的眉头皱纹更深了。

“早餐来了，儿子！”舅妈端着两盘刚出锅的速冻水饺，才放到餐桌上热气就散开了，“天怎么这么凉了，快趁热吃。”

这时，舅舅切换了电视频道，里面正好在播放一则新闻。

“巡警王庆龙失踪一周后，被人在木槿路的露天停车场发现。经医生诊断，他感染了‘幻象病毒’，目前被转移到医院精神科……”

“这段时间要提高警惕。”舅舅嘴里嚼着酸菜水饺，山羊胡上沾着亮晶晶的汤汁，“牛牛放学后别到处乱跑，柳嘉也是。”

“嗯。”柳嘉敷衍地回答，咬了一口水饺，菌菇肉丝馅儿的……忽然他神色一怔。

柳嘉清楚地看见，新闻中的画面里，似乎有一道熟悉的黑影快速掠过。

然而这一幕除了柳嘉外，无人察觉。

“柳嘉还好啦。”舅妈在餐桌旁坐下，“我们牛牛说，将来要当名侦探呢，可不能出什么意外。”

柳嘉偷偷笑出了声。在这间屋子里，只有他清醒地知道崔牛牛不是当侦探的料。

忽然，一个硬邦邦的东西快速地飞向柳嘉的后脑勺。只是那东西在距离柳嘉后脑勺半个手掌时，骤然改变了运动轨迹，“啪嗒”一声掉在地上。

柳嘉低头看去，是一只拖鞋。

“本牛奥特曼的陨石光……波……”崔牛牛叉着腰大喊，他的视线随着那只拖鞋在空中划了道弧线，一起落到了地上，“怎么回事？怎么掉下来了？”崔牛牛光着一只脚，满脸疑惑。

柳嘉咬了一口饺子，淡淡地说道：“谁知道。”

“可恶……还想垂死挣扎。真正的战斗现在才刚刚开始！”崔牛牛一边念叨着反派台词，一边不服气地坐下，顺便往嘴里塞了个饺子。“哎哟，我的牙！”他忽然尖叫着把咬在嘴里的饺子吐了出来，竟然是一个又冷又硬的冷冻饺子！

“我可什么都没有做。”在崔牛牛暴怒之前，柳嘉耸了耸肩膀，为自己辩解。

“不是你会是谁？！”崔牛牛满脸通红地将筷子拍在桌上，愤怒地指着柳嘉的鼻子。

柳嘉朝崔牛牛的餐盘看了一眼，只见两只小竖琴海豹“糯米丸子”与“草莓饭团”（柳嘉给它们取的名字），正在企图将盘子里的水饺统统冻成冰块。崔牛牛刚才扔的拖鞋，砸中的正是糯米丸子，而它们最擅长将周围的东西冻结成冰。

不仅如此，此时在这个家里，还有十来个半透明的幻象正在东游西荡，它们不时地钻进墙壁消失，然后又在隔壁的房间出现。

这些幻象大多都温驯可爱，偶尔也会有些顽劣的家伙，但都没有什么坏心眼儿——熊猫高大壮一家，正瞪着猩红的眼睛，挤在沙发上一边吃竹子一边看电视。它们好像总是在怄气，毛皮沾满了污渍，几只苍蝇在旁飞来绕去。

龙猫宫宝一家正在阳台晒太阳，它们看起来就像粗制滥造的玩具，四肢歪歪斜斜的。因此当它们随着窗外麻雀的鸣叫做早操时，会不停地从晾衣绳上掉下来。

猩猩银泰和几个小伙伴——考拉菜哒、树懒花聪、水豚超弟，正围着茶几用桉树叶打牌。

舅妈梁凤霞的脚边，还有几只正在挖地洞的锯牙兔，看起来是想把它们搜集好的食物储存起来。只不过它们喜爱的食物并不是萝卜和白菜。

幻象们对舅舅一家完全不在意，倒是偶尔会和柳嘉打个招呼，好像它们才是这间屋子的主人。

柳嘉担保，如果舅舅一家知道这一切，一定会吓得一蹦三丈高。

“行了，不要一大早就要搞破坏！”舅舅看到微微震动的饭桌，怪异地看了一眼柳嘉，赶紧息事宁人，“这个就别吃了，让你妈再盛一盘。”

“小嘉啊，你可别欺负牛牛，”舅妈倒了些肉酱在崔牛牛的早餐盘里，“因为这周末不能去游乐园打怪兽，他的心情已经很不好了。”

"这不能怪我。"柳嘉不满地鼓起腮帮子，用筷子用力戳起一个饺子，"周末舅舅带我去医院看妈妈，是早就约定好的。"

每个月带柳嘉去医院探望一次母亲，这是舅舅以临时监护人的身份住进柳嘉的家时，和他的郑重约定。柳嘉不指望舅舅一家记得今天是他的生日，但绝不能被剥夺探望母亲的机会和权利！

"要去你自己去！就知道给我们家添麻烦！"崔牛牛气急败坏地吃了一大口沾满肉酱的饺子，"你上一次说看见食人鱼，害得我们全家没看成电影，还差点儿被送去医院隔离！"

"如果我自己就能去看妈妈，还需要这样忍气吞声，受你的气吗？而且，那天我的确看到了食人鱼，只不过是幻象而已……"柳嘉本想这样说，可他看了一眼舅舅越来越阴沉的脸色，只好气呼呼地嘀咕："周末我一定要去看妈妈。"

"哼！有什么好看的？反正姑妈也只是在睡觉。你老是疯疯癫癫的，干脆也住进医院好了。"崔牛牛冷哼着说。

"崔牛牛！你过分了！"柳嘉生气地捏紧拳头。他可以忍受崔牛牛的恶作剧，甚至抢走他的卧室，但却无法忍受妈妈被揶揄。

"这是事实！"崔牛牛见柳嘉生气，反倒得意了起来，"电视里说了，感染了幻象病毒就再也醒不过来了。"

"崔牛牛！"柳嘉愤怒地从座位上站了起来。

竖琴小海豹们感受到了柳嘉的愤怒和委屈，同仇敌忾地"叽叽"叫唤起来。屋子里刮起了寒风，气温变得越来越低，墙壁上甚至肉眼可见地凝结出一层薄霜。

"这是怎么回事？开冷气了吗？"舅舅摸了摸起鸡皮疙瘩的

手臂，疑惑地问。

“空调机前两天不是莫名其妙地坏了吗?”舅妈神情诡异地说，“还没修好呢。”

“柳嘉！说！是不是你干的?”崔牛牛在舅妈的怀里大喊,“上次你把我锁在厕所里一个多小时！还骗我说是绿毛蜘蛛在门把手上结了网，所以才打不开！今天你又做了什么?!”

“不是我!”柳嘉生气极了。

“啪!”熊猫一家也从沙发上站了起来。它们瞪着猩红的眼睛望向崔牛牛，很生气自己的早餐时间被打扰。

“嘎嘎！嘎嘎!”猩猩银泰挥着手中的树叶牌，嘲讽熊猫一家气呼呼的模样。

幻象们向舅舅一家聚拢，似乎无比期待着接下来能做点什么。但让它们失望的是，舅舅似乎毫无察觉，又或是在刻意逃避。

“行了行了!”舅舅突然大声说,“别瞎嚷了。一定是空调打开了，所以才会弄出这么大的动静。

“小嘉啊，这周确实应该带你去看小如，但前提是，你要表现好一点，不能惹事。”

“哼！臭柳嘉！大话精!”崔牛牛在一旁不服气地噘起嘴。

“好了，牛牛乖。”舅妈溺爱地抚摸着崔牛牛的背,“快去把外套穿上，屋子里这么冷，别着凉感冒了。”她说完瞪了柳嘉一眼，笃定这是他干的恶作剧。

柳嘉抿紧嘴唇，决定顺着舅舅的解释，掩饰一下这场混乱。

因为再这么吵闹下去，周末去探望妈妈的机会多半就要失去了。

“叮咚”

门铃声打断了屋子里僵硬的气氛。

柳嘉听到了重物落在门口擦脚垫上的“扑通”声。

“小嘉，你去门口看看，好像有包裹。”舅舅重新整理好餐桌，但已经没有心情吃早饭了。崔牛牛不停地朝柳嘉扮鬼脸。

柳嘉早已习惯了这家人的颐指气使。

他打开门，擦脚垫上整齐地放着三个包裹：舅妈的减肥健身环套装、崔牛牛的益智营养品，还有一个——是寄给柳嘉的！

柳嘉好奇地捡起自己的包裹，目不转睛地盯着看，大脑因为激动嗡嗡响了起来。这是一个被牛皮纸包裹得严严实实的小纸盒，寄出时间是四年前的某个下午，寄件人竟然是他父亲——柳真夜！

柳嘉揉了揉眼睛，反复确认，寄件信息上写得清清楚楚，不会有错！

收件地址：星华省米兰市花木苑小区 6 栋 109 室
收 件 人：柳嘉
寄 件 人：柳真夜

柳嘉的心在胸口里狂跳，眼眶发热。

他反复地确认自己并不是在做梦，眼前的包裹也不是幻象之后，双手不停地颤抖起来。他费了很大的劲才撕下原本可以轻松拆除的牛皮纸。纸盒里装着的是一个脏兮兮的漂流瓶，里

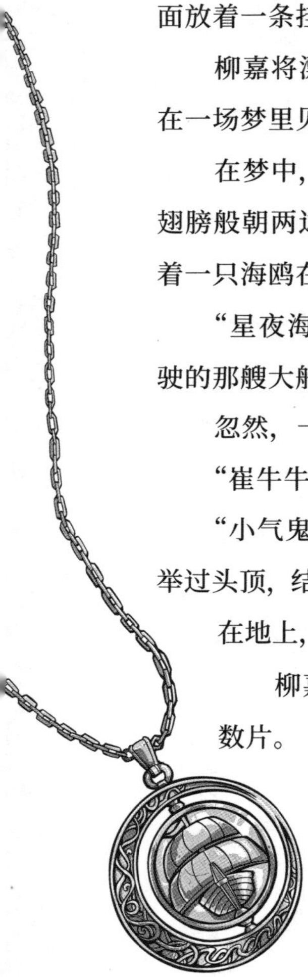

面放着一条挂着帆船吊坠的项链！

柳嘉将漂流瓶凑近眼前仔细查看，发现吊坠上的帆船他曾在一场梦里见过！

在梦中，那是一艘巨大的木质帆船，白色的船帆像海鸥的翅膀般朝两边伸展，桅杆上挂着一面威风凛凛的旗帜，上面绘着一只海鸥在繁星下翱翔。

“星夜海鸥号……”柳嘉想起父亲曾经提起过，这是他驾驶的那艘大船的名字。柳嘉激动得不能自已。

忽然，一只手从旁边伸了过来，将漂流瓶抢走了！

“崔牛牛！还给我！那是爸爸寄给我的！”柳嘉愤怒地说。

“小气鬼，让我看看又有什么关系？”崔牛牛把漂流瓶高高举过头顶，结果在和柳嘉的推搡中，不小心手一滑，将漂流瓶摔在地上，砸得粉碎。

柳嘉看着那满地的碎玻璃，感觉自己的心也碎成了无数片。

他愤怒地瞪着崔牛牛，捡起掉在地上的帆船项链，抓起书包便冲出了家门。

第一幕 结束

ACT 02

第二幕

绝非偶然的必然邂逅

太阳不知何时躲进了云层。

柳嘉一口气跑到了附近的车站，一头钻进了莹白色的轻轨电车里。

列车启动，快速地离开了站台。摇晃的车厢内，衣着各异的乘客们一脸疲惫，许多人都沉默不语地盯着各自的手机，如同一具具被吸走了精神的空壳。

柳嘉坐在座椅上，紧握手中的那条帆船项链，脑海里幻想着几年前父亲将它放进漂流瓶里时的模样。他突然鼻子一阵发酸，泪水在眼眶里打转。

在他身后的车窗外，天空浓云密布，米兰市的高楼鳞次栉比。

当列车驶进了云鼎隧道，车窗外的光线蓦地黯沉了下来。隧道的黑影仿佛开始扭曲挣扎，并且渐渐凝聚成形……

“呱——呱呱——”

一阵有些诡异的尖啸声，不合时宜地响起。

一瞬间，车厢内的温度骤然下降，柳嘉感受到一股深入骨髓的寒意。

他紧张地环顾四周……

最后发现，一只乌鸦不知从何处飞进了车厢里，啼叫着停落在他的脚边。它有着五只眼睛，翅膀的末端还额外长着两只尖锐的利爪——只不过，除了他以外，没人能看见这只怪异的鸟儿。

柳嘉害怕地抱紧书包，额头上渗出一阵冷汗。

根据他以往的经验，每当这只五眼乌鸦出现时，那就意味着，幻象即将出现。只不过，这些幻象与家里的那一些不同，它们……都可怕极了。

“哈……哈哈……”

光影交错间，车厢的角落处响起一串若有若无的娇笑声。

柳嘉睁大眼睛循声望去，只见两个穿着红色汉服的仕女出现在车厢空旷的角落里，影影绰绰如同蜃景。

她们眉目如画，正嬉笑着倚在一起刺绣，身边香炉云烟缭绕，花香四溢。侍立在两侧的仆人挥舞团扇，驱逐虫蝇。瓜果鲜蔬摆满一地。

异象迭起，触摸不到的碧海蓝潮在柳嘉头顶上方翻涌沸腾着……凶猛的虎鲸和巨齿鲨从天花板上坠落，迎面吐息，一场缠斗不可避免。

忽然间，一个满脸雀斑的红发女孩，晃晃悠悠地从柳嘉脚下的地板中探出头来，笑眯眯地问：“小哥哥，你看到我的小熊了吗?”

柳嘉倒吸一口凉气——他扫视了一下车厢，发现不远处那位慈眉善目的老奶奶的座位下方，露出了一个棕红色的布艺熊头和两只胖嘟嘟的手。

“哈，我的小熊在那里!”

红发女孩一边开心地说，一边像一条潜水的鲨鱼，朝布艺熊游了过去，然后将那只棕色小熊的身体紧紧地抱在怀里，仿佛想要把它揉进自己的身体里。

柳嘉感到莫名的害怕，然而，车厢里的其他人却都无动于衷。他知道，人们根本就看不到这些可怕离奇的景象，因此，他也无从呼救。

这时，他察觉到了手中的帆船项链微微发烫，并且泛起淡淡的蓝光……幻象随之渐渐消散了……是巧合吗？柳嘉庆幸地心想。

叮咚——“明德站到了!”

列车员的播报声响起，柳嘉慌忙站起身来往车厢外走去。从五眼乌鸦旁边经过时，柳嘉低着头，假装什么都看不见。

然而正当他走到车厢门口时，突然又听到几声瘆人的鸦啼声。

柳嘉忍不住回头看了一眼。只见五眼乌鸦竟然停在了站台边，它正咧嘴怪叫着。

一名红衣仕女将手中的绣花绷举起来给柳嘉观赏——那竟是一张怀抱婴孩的女人哭泣的脸！

“小男孩，你看到我了吧？不如让我把你也绣进来，带回唐朝去如何？”仕女朝柳嘉咧开红唇，露出神秘的笑容。

柳嘉被吓得大声尖叫。他忽然感觉自己的后脖颈被人拎了起来。等回过神时，他发现自己正摇晃着站在站台的边缘，而轻轨列车已在轰鸣声中开走了。

在他身后，有个白色的身影消失在了行色匆匆的人群中。

“喂，搞什么？”一名穿着防疫服的工作人员吹着口哨冲了过来，朝柳嘉大声呵斥，“小朋友，下车后要站在安全黄线后！刚才你差点儿被车门夹到了！”

“有一个从唐朝来的古代女人，要把我绣进刺绣里……”柳嘉心有余悸地说。

从柳嘉身边经过的人，听到他的话，立刻远远地躲开了。

“这孩子估计看见幻象了，不会也中了幻象病毒吧？”

“要不要打 120 急救电话？”

“小朋友，请出示你的健康证明。”工作人员严厉地说。

柳嘉用智能手表打开电子健康证明书，上面明确显示——健康状态：正常。

“最近‘HX-07 型幻象病毒’正在米兰市扩散。不能拿这件事情开玩笑！”工作人员训斥柳嘉，“我需要联系你的监护人。”

柳嘉无奈地叹了口气，报出舅舅的手机号码。不一会儿，他听见电话里传来崔启明舅舅道歉的声音。

大人们究竟说了什么，他完全没有听进去，他只知道，手腕上的智能手表接连响起的消息提示音，传递着舅舅的愤怒：

“这周你在家里反省，你什么时候改正，什么时候去看你妈妈！要是改不了，就别想去了！”

柳嘉难过极了。他没有一刻像现在这么难受和孤独，这种奇怪的能力就像一种诅咒，犹如旋涡一般吞噬着他，让他无法逃离。

从车站到学校还有一小段路，柳嘉飞快地奔跑着，好像只有这样做，难过的情绪才会追不上他。

怪猴子、骑士仆从、猛犸象、扛着平底锅的屠户……一路上，所有奇形怪状的幻象，都纷纷伸长脖子，将巨大的脑袋凑到柳嘉面前。

“小个子，大坏蛋！你看到我了吗？”

“凡人，你的良心是什么颜色？”

“饿了，我好饿……”

然而每当帆船项链微微发烫，并且泛着淡淡的蓝光，这些幻象便随之消散了……柳嘉隐约感觉到，父亲送给他的这条项链非比寻常。

眼看快到上课的时间了。

为了抄近路，柳嘉拐进了一条平时不常走的小巷子里。

即使在白天，这条偏僻的街巷依旧幽暗。柳嘉一边计算着时间，一边快步往前飞奔着。

忽然，一抹神秘的灯光映照过来，让柳嘉不自觉地停下了急促的脚步。

那是一道暗黄色的灯光，流淌着一种久远的色泽，感觉像来自远古的光亮。

柳嘉朝灯光的深处望去，光亮源自街巷角落一家非常狭小的店铺。

店铺门紧闭，灯光从破旧的玻璃窗里透出来。深褐色的木门上，刻着一些精致的图案和数字，隐约发出微弱的金光。柳嘉记得，这是家旧书店，只是今天这家书店似乎有些古怪，比如……这扇门并没有把手，并且“吱呀”一声自动打开了……

一阵悠扬的歌声，从店铺里传来。

那是最近正流行的抒情慢歌《狩梦的森林》。

……

Oublie-le（法语：忘了他吧）

麋鹿走失在脆弱的光阴里

无法触碰命运的轨迹

猎人从迷雾中枪击

惊醒的梦中人

是你

Je t′aime（法语：我喜欢你）

被遗忘在人潮的罅隙里

那些温暖昨天的回忆

搅拌危险甜蜜

融化成眼眶中的
涟漪
风吹过旋转迷宫般的城市
雨唤醒那坠入梦中的孩子
故事就这样子
渐渐开始
……

柳嘉睁大眼睛轻轻地走进去，发现店内陈设古朴，倚墙立着一排深色木质书架，上面塞满了残破的旧书。一盏老式湖蓝色铁皮吊灯孤零零地从天花板上垂落下来，灯罩不知为何被拉歪了，露出半个光溜溜的白炽灯泡，刚才那抹晃悠悠的灯光就是它发出的。

舒缓的旋律中，这家旧书店显得格外宁静和神秘。

柳嘉四下看了看，发现书店内古旧的气息和昏黄久远的色泽，看起来就像通往异世界的时空隧道！

更让柳嘉讶异的是，店里还有一位和他年纪相仿的客人。

那是一位个子高挑的女孩，皮肤像雪一样晶莹剔透，飘逸的长发垂落腰际，手里捧着一本泛黄的旧书，正半眯着星辰般的眼睛聚精会神地翻阅着。

白色衣裙将她的身姿衬托得飘逸出尘，纤细的手腕上戴着一串贝壳手链——她看上去就像是《安徒生童话》里的小美人鱼公主，幻化成了人形站在那里。

她有脚吗？柳嘉下意识地看了看女孩的裙摆……

吱呀
……
这间古怪的书店里，难道只有她一个人？
她该不会也是幻象吧？
啪嗒
啪嗒

女孩像是察觉到了柳嘉的目光，缓缓抬起了视线，有些困惑地朝柳嘉扫视过来，流动的眼波恍若微风中的湖水，一阵冰雪般的冷香在空气中若有若无地绽放、飘散。

柳嘉骇然从惊讶中清醒过来，发觉女孩一脸冷漠而又警惕地凝视着自己，他一时间变得不知所措起来，满脸涨得通红。

柳嘉猜想自己应该上前去打招呼，却怎么也鼓不起勇气。他能感觉到那个女孩并不希望被打扰。

柳嘉的内心还在天人交战，女孩却合上了手中的书本，放在书架上，转身离开了书店。

她看上去兴致不高，神情有些郁郁寡欢。

柳嘉目送着女孩的背影，心里有一只好奇的猫在不停地抓呀抓。

当女孩消失在门外，他终于鼓起勇气拿起了那本被女孩放在书架上的书，看见破旧的封面上印着几个褪了色的字——

庄周梦蝶的解析

——戚梦来博士 著

柳嘉轻轻把书翻开，女孩之前大概读到了第四章节，书页上还残留着轻微的折痕和若有似无的淡淡花香，这个章节的标题是“梦的伪装”。

好奇心驱使柳嘉在心里逐字逐句地朗读女孩最后看到的段落：“……清醒时的所有烦恼，会随着睡眠状态进入到梦中。而受过特殊训练的人，却能通过科学与艺术的筑梦，和现实生活达成和解。但是，这些造梦的人，却是唯一不会进入梦中的。”

这个神秘的女孩难道也深受噩梦的困扰吗？柳嘉的心怦怦直跳，一种奇妙的感觉从脚底涌上心头。

他连忙放下书，跑出店铺，然而小巷内空荡荡的，早已不见女孩的踪影。

这时，柳嘉忽然清醒过来，想起一件更加重要的事情！

“完蛋！上学要迟到了！”

柳嘉抓紧书包背带，以最快速度朝学校的方向跑去。

而在距离旧书店不远处的一棵银杏树下，女孩正忧郁地注视着他远去的背影。

“遇到目标了？”她的蓝牙耳机里响起一个中年男子的声音。

“和传闻不太一样。”女孩将风中飞扬的一缕发丝别在了耳后，轻声回答，“实验体……都有着相同的命运吗……”

第二幕 结束

ACT
03

第三幕

挑战尖叫墙

柳嘉拼了老命跑到学校，最终却只能眼巴巴地望着值班老师一脸冷漠地锁上大门。

柳嘉郁闷地叹了口气，这样一来，舅舅又多了一个不带他去探望妈妈的理由了。

这可不行！柳嘉眼珠一转，振作起来朝学校食堂后面的矮墙跑去。

这是明德学校唯一的旧砖墙，差不多有三米高，上面长满了油腻的青苔。

栽种在围墙边的几棵柳树，繁茂的枝叶在墙上投下深深的阴影。墙角的杂草堆里有不少生活垃圾，大概是被风吹过来的，显然已经很久没人打扫了，空气中充满了奇怪的味道。

若非迫不得已，柳嘉是绝对不想来这里的……

前不久，这堵墙有了个新名字——尖叫墙。围墙边的几株大柳树被狂风一吹，枝条犹如青蛇一般狂舞尖啸。

传闻有几个建筑工人在维修围墙时，在这里看到了可怕的幻象，然后全都大声尖叫，口吐白沫，从围墙上跌落下来，最后骨折入院。

防疫专家过来检测后，判定这堵围墙附着的幻象病毒，传染了攀爬围墙的人。

因此，校长在对围墙进行消毒后，下令封锁这片区域，并且特地安排了校警在附近巡逻，以免出现意外。

但柳嘉知道，消毒杀菌对幻象病毒没有太大作用。

柳嘉走近“尖叫墙”时，感到一股莫名的阴郁和压抑。

围墙上的柳树枝疯狂地摇动着。只是，在柳嘉的眼里，那根本不是什么柳树枝，而是许多条翠绿的幻象小蛇。它们正张牙舞爪地吐露蛇芯子，等待着新猎物的到来。

相信那些从“尖叫墙”上摔下来的人，多半就是因为看到了这“百蛇幻象”。不知道为什么，柳嘉就是非常笃定幻象小蛇有一百条。

对经历过更可怕幻象的柳嘉来说，“群蛇乱舞”虽然可怕，但勉强还能接受。

“咝——”

“咝啦——”

小蛇们龇牙咧嘴地朝柳嘉的颈脖扑咬过来。

“别过来！”柳嘉大喝一声，用力深呼吸，快速让自己镇定下来，“五眼乌鸦叫来的那些幻象，可比你们厉害多了！”

他的话音刚落，干哑的啼叫声突然响起。柳嘉浑身的汗毛竖了起来。

“呱——呱呱——”

柳嘉僵硬地转过脖颈，发现五眼乌鸦居然停在围墙上，正用尖嘴梳理翅膀上的翎毛。

一阵狂风吹过，传来“咔嚓、咔嚓”的响声。

柳嘉惊恐地睁大了眼睛，巨大的恐惧令他发不出声音。

刚才发出响声的，并不是柳枝，也不是蛇群，在他眼前，有一条巨大的响尾蛇，突然盘踞在了围墙上！

它有着三个蛇头，湿滑的身体比大象腿还要粗壮，上面长满了青灰色的鳞片，还有许多冒着绿色毒烟的尖刺。

更为可怕的是，它正慵懒地挪动着身体，发出黏腻的“嘶嘶”声，暗黄色的瞳孔眯成了一条缝，饥渴地盯着柳嘉，吐露猩红的长芯子。

与列车上的诡言恫吓不同，这次五眼乌鸦更加残暴，柳嘉感觉浑身的血液都快凝固了！

他在脑海里拼命地喊叫：救命——快逃！然而身体却像石化了一般，除了颤抖什么都做不了。

响尾蛇快速地游到他身边，用身体将柳嘉一圈圈地缠绕起来，从双脚直至脖颈。柳嘉感觉浑身的骨头都快被挤碎了，窒息得胸腔也到了炸裂的边缘！

剧烈的疼痛和恐惧令柳嘉大声惨叫，不顾一切地拼命挣扎。

然而这一切却让响尾蛇变得越来越兴奋——

它高高地竖起粗壮的脖颈，肌肉向后缩紧弯成弓形。望着杀气腾腾的响尾蛇，柳嘉目光僵直，仿佛看到了死神正朝他挥舞着锋利的镰刀。

“呱——呱呱——”五眼乌鸦冷漠地啼叫着。

它扇动翅膀，像是在命令响尾蛇立刻将柳嘉吞食入腹。

“唰！”“唰！”“唰！”

霎时间，三个蛇头同时朝柳嘉咬了过来！

柳嘉的瞳孔放大，大脑一片空白……然而，预想中的疼痛并没有到来。

过了好一会儿，柳嘉的视线重新变得清晰，一道强烈的光线灼痛了他的眼睛。当柳嘉慢慢从强光中睁开眼，竟看到一轮红日悬停在天边。

夕阳的余晖，将眼前这片一望无际的麦田染成红色。

而他就伫立在麦田中央，身体被稻草捆绑在一个木头架子上，随着麦穗在狂风中摇摇晃晃。柳嘉发现自己变成了一个破破烂烂的稻草人……

只是眼下的处境，比之前好不了多少。

那条攻击他的响尾蛇虽然不见了，但一群乌鸦正扇动着黑色的翅膀，降落在他的肩膀上、头顶的草帽上，还有脚踝边……它们虽然没有五只眼睛，但倒映红色夕阳的双眼，依旧闪烁着残暴的亮光。

柳嘉拼命挣扎，可是稻草组成的身体根本就无法移动。

周围亦无人相助。他只能眼睁睁看着乌鸦们衔起一根根稻草，向远方飞去筑巢，然后又飞返回来。

柳嘉大声呼叫，祈祷风能刮得更猛烈些，将这群乌鸦赶跑。

但乌鸦们显然知道稻草人毫无威胁，于是更加肆无忌惮地啄走组成柳嘉身体的稻草。

这样重复着，重复着……渐渐地，稻草身体被啄空了……最后，乌鸦们用利爪将柳嘉推倒，得意地啼叫着飞远了。

“稻草人”柳嘉，仰面躺倒在麦田里。

周围一片沉寂，只有风吹过麦穗时发出的“沙沙”声，如同麦田对稻草人的哀悼。

柳嘉渐渐失去意识……他遥望被夕阳染红的天空，父母的笑脸在眼前一一浮现。

隐约间，他听见了自己和父母嬉闹的笑声，似乎就在不远处回响，忽远忽近。一家人在麦田里开心地跑啊跑啊……直至一起消失不见。

“爸爸……妈妈……”

柳嘉轻声呢喃着，想要流下眼泪，可惜稻草人是没有眼泪的。就在柳嘉的意识快要完全陷入黑暗时，闷雷般的声音响起。

“你在干什么?”

柳嘉猛地一个激灵，用力睁开了眼睛。

那令人窒息的红色夕阳和孤寂的麦田都不见了。此刻，柳嘉惊觉自己跨坐在旧砖墙上，眼泪浸湿了脸颊。

他的身体被柳树的枝条紧紧地缠绕着，活像一只被巨型蜘蛛捕获的猎物。

口袋里的帆船项链，烫得像一个烧红的小铁球。他低头看去，发现裸露出来的蓝色吊坠上，像是蒙上了一层灰，变得脏兮兮的。

“你聋了吗?”

围墙下方再次传来声响，一个身影正站在那里。柳嘉吓了一跳，竟然是横行明德学校的“霸王龙”——易天爵!

易天爵是柳嘉的同班同学。虽说是同龄人，但他的个头却比许多高年级的学长还要高大。

他皮肤黝黑，脸部轮廓分明，五官线条硬朗，两撇浓浓的剑眉骄傲地上挑，炯炯有神的双眼，让人感觉他好像时时刻刻都在生气。

论身强体壮，崔牛牛在他面前简直就是一条虚弱的菜青虫。

传闻所有得罪他的人，都不会有好结果。

前阵子，据说他的亲人因为感染幻象病毒，承受了很大的痛苦……因此最近他的心情很差，稍有不快就对人凶相毕露。

悲惨的是，今年调换座位后，他就坐在柳嘉的前面。只不过，还没说上几句话。

“喂，你哑巴吗?”易天爵的声音如同巨石落地时发出的闷响。

柳嘉浑身一颤，要不是被柳枝牢牢捆住，他多半就从围墙上掉下去了。

“易天爵……有什么事吗?”柳嘉战战兢兢地问。

“知不知道这是尖叫墙?”易天爵上下打量着柳嘉，凶神恶煞的表情让柳嘉想起曾经咬过他屁股的哈士奇。

咝
咝
咝啦
易天爵——
我可以——
闭嘴。
给我……坐好。

柳嘉害怕地点点头，吞咽了一口唾沫。

“知道还不快滚！等我把你踹下去吗？”易天爵暴躁地大吼。

柳嘉连忙左摇右晃，可身体被柳条缠绕，根本无法动弹。

易天爵不耐烦地撇了撇嘴：“喊，真麻烦。”

他走到围墙边，突然高高跳起，还没等柳嘉回过神，他就已经攀爬到了围墙上，在距离柳树稍远的地方坐了下来。

柳嘉惊讶极了。

易天爵难道看不见那些张牙舞爪的幻象小蛇吗？还是说，他根本就不把那些小蛇放在眼里……他对易天爵突然感到既好奇又钦佩。

“喂，别动。”易天爵瞪了柳嘉一眼。他似乎鼓足了勇气，才终于伸出手，抓住了纠缠柳嘉的柳条，咬紧牙尝试把它们折断。

柳嘉看见易天爵的额头上渗出一层冷汗，表情看上去痛苦极了，似乎双手正在被什么尖锐的东西啃咬……蛇群！柳嘉突然缓过神来——原来易天爵也看见了那一群狂暴小蛇！但即使是这样，他仍然跳上了围墙，帮助自己脱离困境。

柳嘉眼中燃起了前所未有的光芒，他难道和自己是同类吗？

“易天爵——我可以——”柳嘉焦急地说。

“闭嘴。”易天爵从牙缝里挤出一个声音，咧起嘴露出尖尖的虎牙，“给我……坐好。”

柳嘉愣了一下，赶紧乖乖地闭上了嘴巴。

另一边，易天爵的五官扭曲，满脸憋得通红。忽然，他怒喝一声——缠住柳嘉的那根最粗壮的柳枝被扯断了。

易天爵喘着粗气将它扔下了围墙，并且恶狠狠地朝柳枝啐了一口。

这时，柳嘉再次感觉帆船项链变得滚烫，灰蒙蒙的，就像沾染上了一层深灰。易天爵的表情随之渐渐平静，又有些惊疑地左顾右盼起来。

“不见了……”易天爵呢喃，疑惑地看了看完好无损的双手。

“唉，谢谢……”柳嘉滑到围墙下，胆怯地向易天爵伸出一只手，“需要帮忙吗？我可以托住你下来。”

“嘁！需要吗？”易天爵瞪了柳嘉一眼，柳嘉赶紧缩回手。

易天爵一声冷哼，直接从围墙上飞跃下来，没想到的是摔了个狗啃屎……他沉默地爬起来，若无其事拍了拍书包，一瘸一拐地从柳嘉的面前走过，消失在食堂的转角处。

柳嘉震惊地看着易天爵的背影。

这堵围墙三米高呢，他没事吧？看来同学们之间，关于易天爵的硬汉传闻，可能是真的。

柳嘉突然很佩服自己，刚才居然跟易天爵搭话了。

他轻轻握了一下变得灰扑扑的帆船项链，快步朝教学楼的方向跑去。

第三幕 结束

ACT 04

第四幕

大话精的语文课

当柳嘉赶到教室门口时，双脚就像灌了铅一样沉重。

教语文课的荷金娜老师正在讲台上整理一沓作业本。

趁荷老师低着头，柳嘉赶紧猫着腰溜进教室，而易天爵已经趴在座位上呼呼大睡了。他的背影看起来就像是刚参加完铁人三项运动会一样疲惫。

柳嘉坐在教室靠窗数过来的第三组倒数第四排。

上学期，柳嘉的座位安排在正数第二排，和他的个头刚好匹配。但学校规定，每个学期学生的座位都要重新分配，这个学期他的座位被安排在易天爵后面，而易天爵的背影挡住了大半个黑板，柳嘉上课也因此受到了很大的影响。

“砰”的一声闷响传来。

教室里的所有人都朝闷响发出的地方——讲台——望了过去，只见荷金娜老师单手叉腰，末日风暴正在她头顶上空酝酿。

荷老师身材纤瘦，骨架突出，神经极其敏感。她前两天刚含着泪度过了三十岁单身生日，傲慢的黑框眼镜后总是隐约闪烁着脆弱和不安。

不过，荷老师并不知道，此时此刻，她不是一个人在讲台上。

柳嘉眯着眼看着讲台旁边那位老奶奶，她正坐在摇椅上，穿着碎花布裙，戴着老花眼镜，眯缝着的双眼让人很难猜测出她到底是醒着还是睡着了。

两年前，荷金娜老师第一次走上讲台时，老奶奶就出现在了那里。

当她对柳嘉发脾气时，老奶奶总会露出一脸和蔼的笑容，像是在帮柳嘉加油打气。因此，柳嘉挺喜欢这位老奶奶，尽管她只是一个幻象。

“上周我让你们写一篇《我最刻骨铭心的游记》，描述一个自己去过的地方，结果……”荷老师扶了一下有些歪斜的黑框眼镜，气势汹汹地扫视着教室里的学生们，“你们都不把我的要求放在眼里，是吗?”

很明显，荷老师说的不是那些一贯表现好的学生，而是平时对学习不太认真的同学。

荷老师从讲台上抓起一沓看完之后令她感到特别生气的作业本，抽出其中一本翻开，开始严厉地批评这些不求上进的顽皮鬼。

“那天晚上，我梦见自己来到了一座孤岛……

“这座岛屿浮在半空中，岛上有两条河，所有建筑都漂浮在河面上。有一只狮子在修理屋顶，五只鸽子在一只大海龟背上开会，三只鸭子在旁边嘎嘎叫，一般这预示有大事即将发生。我的灵魂飘了下去，结果被一座会唱歌的老屋子吞掉了……呼……呜……我在屋子的肚子里爬起来，看见一个涂脂抹粉、戴着面具的瘦高个女人……

“咦？她好像我们班的荷金娜老师呀！特别是她踮起脚探头的样子，跟荷老师在教室窗外伸长脖子偷看同学们时简直一模一样。只是荷老师平时脖子不伸长的时候，上面的皱纹就比较严重了。对了，这些话可千万不能让荷老师听到，她的小气是全校出了名的……”

荷金娜老师还没有把这篇作文念完，班上的同学就已经笑得东倒西歪了。

柳嘉的头低得几乎可以咬到自己球鞋里的脚趾，他既懊恼又委屈——荷金娜老师念的这一篇是他藏起来的梦中笔记！

崔牛牛！一定是这个害人精搞的鬼！

“嚯……嚯……嚯……”

老奶奶幻象在摇椅上发出慈祥的笑声。

荷金娜老师生气地把柳嘉的作文本扔在讲台上，然后又抽出了一本。

“我最刻骨铭心的游记——《西游记》。那天，我一个人去西湖游泳，决定游个来回。我游啊游啊、游啊游啊……（此处省略）……游啊游啊——游了五百个字，很好！游完我就上岸了！”

荷金娜老师气得脸都绿了，班上又是一阵哄堂大笑。

柳嘉注意到易天爵在座位上换了个很不自然的睡觉姿势。

“一个星期的时间，马尔克斯①能写出《百年孤独》，村上春树②能跑完两场马拉松！你、你们写一篇游记有那么难吗？柳嘉！你来说说，你到底写了篇什么东西？！”

同学们的目光像聚光灯一样朝柳嘉照射过来。

柳嘉一时间不知该如何是好。他慢慢地从座位上站起来，卷翘而浓密的睫毛下，一双无辜的大眼睛里充满了紧张和不安。

“我写的是……在一个空中岛屿上的旅行……”

“空中岛屿？我好像是要你们写游记，不是写幻想小说！”

“可是，这是我在梦里去过的地方，在梦里的旅行，就不算旅行吗？”柳嘉困惑地问。

“哈哈哈哈……”

“柳嘉！你乱写作文，还敢顶嘴？”

班上同学笑作一团，荷金娜老师气得脑袋发胀，快把眼镜框撑破了。

“柳嘉！还有写《西游记》的易天爵！放学后别走，来我的办公室，我们好好谈谈！”

哄笑声中，语文课总算勉强可以开始了。

同学们嘲笑着满脸涨得通红、呆坐在座位上的柳嘉，并对易天爵表示同情——毕竟没有什么和大话精柳嘉扯上关系更悲

注：①马尔克斯：拉丁美洲魔幻现实主义文学的代表人物，1982 年诺贝尔文学奖得主。
注：②村上春树：日本当代作家，代表作有长篇小说《挪威的森林》。

惨的事情了。

在大多数同学心里，柳嘉总是说着稀奇古怪的话，做着奇怪的事情，因此被老师批评。同学们纷纷对他敬而远之，就像是害怕传染幻象病毒一样。所以，每当下课，班上只有他的桌子周围空荡荡的，几乎没有同学过来和他说话。

柳嘉总是艳羡地看着其他同学在一起玩闹，而自己则孤零零地坐在角落里。

放学后，柳嘉被荷金娜老师“如约”带去了办公室。

至于易天爵，刚放学就消失不见了。

当柳嘉聆听完荷金娜老师的教导后，天色已经完全黑了下来。他垂头丧气地半闭着眼走出明德的校门，抬头望着天空，疲惫地叹了口气。

这大概是他人生中最漫长的一个生日了吧……

此刻，一轮黯淡的红月正低垂着，暗红色的月光令街道蒙上了一层阴沉的光影。校门口那些接孩子放学的家长和车辆早已散去，连贩卖零食的小贩们都收摊走人了。

只有一个戴着尖角帽的眼泪小丑，跟在柳嘉身后嘻嘻哈哈地大笑着。小丑的脸上涂着雪白的颜料，眼眶画成了蓝色的星星，一张咧到耳根的大嘴，双手不停抛接着玩具球。

每次柳嘉感到沮丧的时候，这个幻象就会出现。

他或许是想逗柳嘉开心，因此总是把玩具球扔到柳嘉的头上，或是趁柳嘉不注意，突然蹿出来扮个鬼脸，吓得柳嘉尖叫。

小丑开心地拍掌："笑喽！笑喽！开心地笑喽！"

事实上，柳嘉的表情比哭还难看……

"嘎！嘎嘎！"

眼泪小丑跟在柳嘉的身后怪笑："小不点！为何不开心？笑一笑吧！和我一起玩球吧！"

"没心思……"柳嘉身心俱疲地回答，"请让我一个人静静。"

"啊！孤身走暗巷！"小丑在柳嘉身后吵嚷，"啊！快看不哭的模样——"

小丑忽然嬉笑起来："祝你生日快乐！祝你生日快乐！"

小丑跑调的生日歌让柳嘉愈发难过。

突然，他的眼前一黑，身体重心不稳，摔倒在一个小水坑里。

"嘀嘀——""哗啦——"

刺耳的汽车鸣笛声让柳嘉回过神来。他发觉，眼泪小丑刚才竟把帽子扣在了他的头上，遮挡住了他的视线。

一辆小货车停在他旁边，驾驶员从车窗里探出头，朝柳嘉

破口大骂：“小鬼，你走路不长眼！不想活了吗？”

说完，驾驶员踩下油门，驾驶小货车飞驰而去。

车轮碾过路面上的积水，飞溅到柳嘉的脸上和身上。

眼泪小丑伸出舌头，转眼不见了。

柳嘉看着自己湿漉漉的衣服，无奈地叹了口气：等一会儿到家后，多半又要挨舅妈的责骂了……

几片枯黄的梧桐树叶摇晃着身子坠下，落在他的脚边。

柳嘉看着这些落叶，想起父亲的大手。以前每年他过生日，父母都会带他去公园看烟火。父亲会用他那双强劲有力的大手将柳嘉抱起来，放在自己的肩膀上，然后指着在夜空中最灿烂的一朵烟火说：“小嘉，快许一个愿吧！”

一幕幕回忆仿佛就发生在昨天，可是那些快乐的日子一去不复返了。

柳嘉蹲下身捡起一片落叶，把它想象成父亲宽大的手掌，然后用树叶在自己的头顶上来回摩挲着，就像父亲曾经用手掌抚摸他那样……可是，树叶单薄脆弱，没有任何温度，不能让他感到安心，更加无法替代父亲那双粗糙温暖的大手。

柳嘉的眼眶涌满了泪水，心里就像被挖了一个洞。

他早已明白，自己永远地失去了那双能遮挡风雨的温暖大手，也已经失去了让他安心的家。

过了许久，柳嘉的心情才稍稍平复。他用衣袖擦了一把眼泪，沾满泥水的衣服和裤子，紧紧地贴在皮肤上，冰冷刺骨。

昏黄的街灯下，道路沉寂漫长。

他只能含着热泪，在冷风中瑟瑟发抖地走下去……

第四幕 结束

ACT 05

第五幕

神秘的转学生

柳嘉的悲伤并不能让时间倒流。相反，时光继续飞一般流逝着。

转眼，十一月来临了。

阴暗的云层遮蔽着米兰市的天空，湿冷的空气让人感觉像是裹着一件湿漉漉的衣裳。

已经连续下了一周的雨，明德学校就像完全浸泡在了一片偌大的湖水中——喷水池和花坛灌满了雨水，道路上到处都是泥流。黄豆大小的雨点“咚咚”敲打着教室的窗户。教室外的走廊上摆满了湿淋淋的雨伞，教室内弥漫着一股湿衣服和鞋袜被闷久后的臭味。

每到下雨天，学校的走廊上都显得格外的拥挤和吵闹。

柳嘉坐在教室里，百无聊赖地看着前面空荡荡的座位。易天爵一下课，就冲出了教室。

他隐约察觉，易天爵似乎在悄悄研究幻象病毒。

前几天，他再次迟到的时候，发现易天爵又在和“尖叫墙”的蛇群搏斗。

还有一天，他看见易天爵用几支竹竿搅拌喷水池里的水。今天他好像去了花坛，跟一株仙人掌过不去……而这几处地方，柳嘉都看见了奇怪的幻象。他猜想，易天爵一次次去挑战那些幻象，大概和他的家人感染了病毒随后发生的意外有关……

突然，教室的后门被用力推开，易天爵出现在了那里。

他浑身湿透了，衣服和裤腿上沾满泥浆，就像刚在泥潭里打过滚儿似的。

教室里安静了一两秒后，同学们又继续笑闹起来，不少人对易天爵悄声议论。然而易天爵完全不在意他人的目光，自顾自地回到课桌前，一言不发地趴着睡着了。

柳嘉很想和易天爵聊一聊，至少，在尖叫墙的遭遇，应该谢谢易天爵。或许，还能一起讨论关于幻象的事情。只是柳嘉一直找不到合适的机会，也没有勇气表露，因为说不定会被易天爵呵斥。

很快，另一件事情的发生，让柳嘉不自觉地将易天爵的事放诸脑后。

周一的早晨，因为学校前的岔路口中央出现了一座山峰的幻象，柳嘉又一次迟到……而当他灰溜溜地来到“尖叫墙”边时，发现易天爵还在那里翻来覆去，结果他的动静太大，引来了校警……

紧接着，上午的第二堂课是数学随堂测试。

中午课间时，教数学的夏无忌老师特地把柳嘉和易天爵叫到了办公室。他拿着两张试卷，灰白色的光线中，那两张试卷就像两面小白旗。

“柳嘉、易天爵，我该拿你们两个怎么办呢？唉！”夏老师脸色发白地把试卷发给两人，长叹一口气走开了。

同一办公室的班主任云碧华老师身心疲惫地揉着眼角，朝柳嘉和易天爵挥了挥手。

“你们拿着试卷，好好反思。别忘了你们今天还要去行政楼值日，那里的树叶对你们日思夜想！”

吃过午饭，柳嘉郁闷地扛着扫帚，和易天爵一起来到行政楼前。

这里种了很多银杏树，树叶都已经变成了金黄色，风吹后落得满地都是，紧紧贴在湿漉漉的水泥地上。除了他和易天爵之外，还有另外三个男生也在垂头丧气地扫落叶。

柳嘉很奇怪，易天爵这次竟然没有开溜。

班主任云碧华老师是一位严厉的老太太，易天爵向来对她礼让三分。

不过，这倒是一个和易天爵好好谈谈的机会。

“喂，眼睛看哪里？”易天爵暴躁的声音突然响起。

柳嘉回过神，发现自己刚才满脑子都在想如何对易天爵开口，结果竟不小心用扫帚扫起了易天爵的裤腿。

“大话精又发疯了吗？”旁边几个男生大笑，柳嘉赶紧低下了头。

这时，一辆白色的医疗车不疾不徐地停在了行政楼前。教导处黄添德主任满脸笑容地迎过去，经过柳嘉身边时用力瞪了他一眼。

车门打开，首先下来两个身着防疫服的医务人员，他们利索地从后备厢里提出两只简洁的行李箱。

最后从车上下来的，是一位气质非凡的女生。

黄主任热情地打招呼，但那个女生完全没有注意到他，径直走了过去。

黄主任很是尴尬，但还是笑眯眯地带着两位医务人员去行政楼做登记了。

医疗车缓缓地开走，最后只剩下女生独自站在原地，抬头

看着银杏树叶在空中翩翩飞舞。

女孩的长发在风中飞扬，她穿着深蓝色的西装和红蓝相间的格子裙，外面套着一件卡其色的短风衣，袖子边稍稍向上挽起，清丽的气质里透着一种超越年龄的成熟与干练。

柳嘉紧张得几乎快把手中的扫帚拧断了，他既怀疑，又害怕是自己眼花看错了——在他目光的尽头，正是在旧书店里遇到的、翻阅《庄周梦蝶的解析》的那个女孩！

女孩习惯性地扫视四周，目光丝毫没有停顿。

此刻她的注意力，正聚焦在蓝牙耳机里进行的通话上。

“博古医生，我是戚梦萦，明德校园的病毒防治，已处于控制之中。”

“辛苦了。明德校园新增三处‘感染源’，影响最严重的是‘尖叫墙’。”蓝牙耳机里传出一个带有磁性的男中音。

“收到，我会尽快将‘感染源’逐一净化。”女孩回答，接着关闭了通话。

正在不远处清扫落叶的男孩们看见女孩，悄声议论了起来。

女孩淡淡扫了一眼，目光唯独在表情惊讶的柳嘉身上停留了两秒。至于易天爵和其他人，她就像完全没有看见似的。

她抬起手腕上的智能手表看了看，转身朝学校食堂的方向走去。

柳嘉惊讶地看见，女孩走过的路面上，绽放开一朵朵若隐若现的红色莲花……那竟是淡淡的幻象痕迹！

易天爵似乎也察觉到了不寻常之处，他眉头紧皱，目光紧紧地盯着女孩的背影，直至她消失在楼道拐角处。

上课铃响起了，热闹的校园顿时变得安静，教学楼里传出一阵阵琅琅的读书声。

戚梦萦拿着一个小巧的罗盘，跟随指针方向，独自走到“尖叫墙”边。

罗盘的造型是一个船舵，黄铜制的，看起来非常古旧。

当戚梦萦靠近“尖叫墙”时，罗盘的指针飞快地转动起来。

她抬头看去，晦暗的光线下，“尖叫墙”附近安静得有些诡异。只有风吹过时，墙边的柳树疯狂摇摆枝叶发出的“沙沙”声。

戚梦萦闭上眼睛，深呼了一口气。

当她再次睁开双眼，那些摇摆的柳树枝变成了穷凶极恶的蛇群，疯狂地张牙舞爪，仿佛想要将她撕成碎片！

看到这可怖的一幕，戚梦萦却只是淡定地收起了罗盘，脸上没有任何表情。

她握紧手中的一瓶紫色药剂，朝着群蛇乱舞的“尖叫墙”走去，步履轻盈优雅。

蛇群在戚梦萦的头顶上疯狂扭动，吐着蛇芯子。如果它们会说话，多半说出的都是最不堪入耳的恶毒诅咒。

但戚梦萦根本就不把它们放在眼里，仿佛蛇群幻象只是一丛无关痛痒的路边杂草。

她将紫色药剂轻轻喷洒在旧砖墙上，然后不紧不慢地向后退了几步。

刹那间，一团半透明的紫色火焰从围墙上冲天而起！

蛇群幻象在火焰中发出令人头痛欲裂的尖细嘶叫声！

那是一幅难以形容的画面——蛇群着火的身体在用力地撞击

墙面，发出来的尖叫声一浪接着一浪，如针尖般直抵大脑，仿佛要将人从身体内部撕碎一般！

不仅如此，紫色火焰渐渐变成了黑色，仿佛有了自己的意识，疯狂摇摆着朝戚梦萦冲过来。

戚梦萦面不改色地挥出左手，戴在她手腕上的金色手环微微震颤，竟将黑色火焰全部吸收进去了，手环上的三朵火红莲花刻纹随之被点亮，只一瞬光芒便消散了……

“尖叫墙”安静下来，那些可怕的蛇群幻象也消失不见了。

微风拂过墙面，墙边的好几棵柳树犹如大病初愈的病人，轻柔而缓慢地舞动枝条，仿佛在向戚梦萦致谢。

戚梦萦扬起嘴角，露出一抹淡淡的笑意。

而此时，在“尖叫墙”的另一边，一道黑影正躲藏在树丫的阴暗处，远远地看着重新恢复平静的围墙。

猩红的眼睛捕捉着戚梦萦的一举一动，接着一只黑鸦如同一道凛冽的夜风，消失在了街角。

柳嘉并不知道“尖叫墙”的幻象已经被净化，那个区域彻底恢复了正常。

他此刻只想大声尖叫——旧书店里的那位神秘女孩，正随着云碧华老师步入了自己班级的教室。

柳嘉难以置信地睁大双眼。

他本以为那女孩也是一个幻象。可她却突然出现在了明德学校，甚至还走进了他所在的班级！

当女孩站到讲台前时，不仅仅是柳嘉，全班同学都沸腾了起来。就连易天爵都坐直了身体，好奇地打量着她。

“她是谁?”

“太漂亮了吧……”

议论声就像十万只鸭子在唱歌——柳嘉又想尖叫了。

“各位同学！请安静！这位是从红枫市转来我们班的新同学。”云老师用夸张的口吻热情地说，“请介绍一下自己。”

教室里瞬间鸦雀无声，所有的目光都集中在女孩身上。

女孩淡漠地扫了同学们一眼，仿佛这里坐着的是群无知的小企鹅。

“大家好，我是戚梦萦。星海大学脑科学院特招生，星华省历史研究所资深会员……”

“星海大学特招生?”

“历史研究员?”

教室里又响起了一阵沸腾的议论声。柳嘉在心里不停地惊叫着——戚梦萦，名字很美，声音像泉水一样动听，而且……没想到她这么厉害!

一直站在戚梦萦旁边的班长黎敏儿，脸色越来越难看。

戚梦萦出现之前，黎敏儿是大家公认的班花，不但聪明、漂亮、气质优雅，成绩也非常拔尖儿。她的母亲是国内一流大学的高才生，父亲是某集团公司的高管。可是如今黎敏儿站在戚梦萦的旁边，顿时变得黯淡无光了!

黎敏儿朝前走了一步，用她当学校活动主持人时才会发出的甜美嗓音，响亮地说：“云老师，按照班规，新来的同学都要接受‘心灵大考问’，帮助大家更快地增进了解!”

“的确是这样。但是……”云老师有点为难。

“没关系，请问吧。”

戚梦萦的自信就像高耸的珠穆朗玛峰。黎敏儿虽然个头和戚梦萦一样高，气场却明显比她矮了一大截。

教室里的气氛陡然紧张起来，空气里弥漫着火药味。

柳嘉担心地看着戚梦萦，手心因为紧张渗出了汗。他并不是怀疑和担心戚梦萦的才学，而是从上个学期开始，柳嘉便时不时地看见一朵巨大的喇叭花幻象，像吸食人体营养的寄生虫一样，用藤蔓紧紧地缠绕着黎敏儿。

从那以后，黎敏儿的性格大变，原本活泼开朗的她变得尖酸刻薄，说话喜欢明讥暗讽……柳嘉为戚梦萦忧心不已。

“第一个问题……”黎敏儿问，她白里透红的脸蛋上挂着讥讽的笑容，“戚梦萦同学，你到现在都没有笑一下，是因为觉得自己很漂亮，所以才这么高傲吗？”

班上几个不嫌事多的女生捂着嘴哧哧地笑出声来。

“难道你的高傲，是来自你的外貌吗？”戚梦萦淡淡地问，她的视线根本就没有在黎敏儿脸上聚焦，语气就像是在和幼儿园的小朋友谈心。

黎敏儿天生就长着一副笑脸，虽然平时她的笑容总是充满了傲慢和嘲讽，但此刻，她的笑容却好像变成了凝固的冰水，满脸涨得通红。班上好事的同学则纷纷倒吸一口凉气。

“你既然是星海大学的特招生，为什么转学来明德？”黎敏儿重整旗鼓追问道。

“大学之道，在明明德，在亲民，在止于至善。至于转学的原因，无可奉告。”

“那你入学考试的成绩如何？”

“满分，全部。”

班上的同学们发出一阵惊呼，要知道明德的入学考试与其说极其的难，倒不如说古怪刁钻、吹毛求疵。所有试卷都是由本校鬼才级教授构思而成，极尽苛求地审核学生的逻辑能力、知识面、IQ（智商）和 EQ（情商）。

“既然你吹牛说是满分天才，那么我代表班上的同学快问快答考考你。”黎敏儿扬起鼻子冷笑道，“英法百年战争打了多久？”

“116 年。”

“客机上的黑匣子是什么颜色？”

“橙色。”

戚梦萦对答如流，语调如呼吸般从容。

柳嘉在心中为她叫好。

黎敏儿越来越焦躁，嘴唇都被咬得发白了。柳嘉惊愕地看见她身后的那朵喇叭花幻象就像在吸食她的嫉妒与愤怒一样，花朵随之缓缓绽放……不仅如此，绽放的花朵像一张大嘴，花瓣上长满了尖牙般的刺，上面沾着黏糊糊的液体。

易天爵似乎也感觉到了什么，眉头紧紧地皱了起来，目光在讲台上来回逡巡。

“你这辈子做过的最丢人的事情是什么？”黎敏儿语速越来越快。

“走到人生终点时，才能告诉你。”戚梦萦将一只手轻轻地放进口袋里。

“你爸妈做什么工作?”

“无可奉告。”

“又是无可奉告，你有这么多不可告人的秘密吗?”

戚梦萦的目光微微闪动了一下：“只是没必要让你知道。”

“看来戚梦萦同学的父母让她羞于启齿!”黎敏儿感觉自己揪住了转学生的小辫子，狂躁地大笑起来。

柳嘉震惊地看见，那朵喇叭花已经完全绽放开了，并且朝黎敏儿越靠越近，似乎打算将她吞下去!

戚梦萦也微微皱起眉，原本波澜不惊的眼眸闪动起来。

“礼尚往来，你能回答我一个问题吗?”戚梦萦问。

“当然。”黎敏儿胸有成竹地说。

“如果答不出来呢?”戚梦萦反问道，她从书包侧边口袋里拿出一瓶矿泉水，“我可以对你做一个小小的惩罚吗?”

黎敏儿有些诧异地看着戚梦萦，突然有些心虚起来，但仍然强撑着用力点头：“没问题，你说吧!”

戚梦萦缓缓地说出了谜题：“武则天为何要立无字碑？她想要表达什么？”

黎敏儿哑口无言地望着戚梦萦，脸色瞬间由红变白，然后又变紫……

“答案是渴望夸耀，和冷静后的自知之明。”戚梦萦轻扬起嘴角，云淡风轻的神情让黎敏儿抓狂，“愿赌服输，对吗?”

“哼！我接受惩罚!”黎敏儿气急败坏地闭上双眼，决定输人不输阵!

柳嘉和班上的其他同学也都惊讶地睁大眼睛，准备迎接令人唏嘘的一幕——戚梦萦多半是打算将矿泉水从黎敏儿的头上浇下去……以此报复黎敏儿刚才的无礼。

戚梦萦拧开了矿泉水瓶盖，就连云老师也都担忧起来，准备出声制止。然而，大家猜想中的火爆画面并没有出现。戚梦萦只是将半瓶矿泉水轻轻倒在了黎敏儿的脚边，并且画出一个奇怪的图案。

令所有人惊讶的是，矿泉水竟然没有朝四周溢出，而是像被什么吸食了似的不见了……

不仅如此，黎敏儿突然一个激灵，像是刚刚从梦中惊醒一般，吃惊地左右张望。

柳嘉发现纠缠着黎敏儿的喇叭花幻象消失了！是因为戚梦萦刚才浇的那半瓶矿泉水的缘故吗？他暗自猜想。

“刚才……发生了什么？”黎敏儿迷茫地揉着头，摇晃着长长的马尾辫坐回原位。

“好了好了，各位同学！”云老师见黎敏儿和戚梦萦的较量已告一个段落，拍掌示意班上同学们安静下来，“希望大家帮助戚梦萦同学尽快地融入群体。她的座位就在……”

“云老师，我可以坐在那位同学的旁边吗？”戚梦萦目光转动，最后定格在柳嘉的身上。

那一瞬间，柳嘉就像突然中了彩票大奖，既不敢相信，又暗自欣喜！

在全班同学的注视中，戚梦萦走下讲台，在柳嘉旁边的空位坐下，一股兰花般清幽的香气朝柳嘉扑面而来。

班上的同学们彻底躁动了。易天爵打了个喷嚏，赶紧把桌

如果答不出来呢？
我可以对你做一个小小的惩罚吗？
没问题，你说吧！
张牙舞爪
哼！
愿赌服输，对吗？
哗啦
千度

子朝与戚梦萦相反的方向挪了一下。

柳嘉感觉自己的心快要从头顶上蹿出去了。

“请多关照。”戚梦萦向柳嘉伸出一只玉石雕琢般的手。

“请——呜！”柳嘉紧张得满脸通红，结果不小心咬到了舌头，周围的同学哄堂大笑。

“看呢，大话精又出糗了！”他们嘻嘻哈哈地说。

“他连大话都不会说了！”

接下来的整个下午，柳嘉都处于意识飘忽的状态。老师说了些什么，他一个字都听不进去，耳朵只听见自己的心跳声，而全身上下所有的细胞都在关注着新的同桌——戚梦萦。

他想知道，戚梦萦究竟是如何用矿泉水消除幻象的？能不能把方法教给他？可他又害怕这一切仅仅是误会。要是被戚梦萦也当成了“大话精”，他一定会无地自容的。

不过，戚梦萦除了最开始的那一个招呼，全天再也没有和柳嘉说过一句话。

下午的第二节课结束后，她便背着书包离开了教室。

柳嘉有生以来，第一次感觉放学的时间实在太早。

他现在就开始期待第二天的到来。

第五幕 结束

ACT
06

第六幕

孤勇者的邀请函

“就是她，长头发的那个！”

“入学分真有那么高吗？”

“她真的很漂亮呢！”

“哇，我收到了戚梦萦同学的礼物！”

以前的课间休息时间，柳嘉就像班上的隐形人，没有人愿意搭理他。而现在，几乎全班同学的注意力，不，或许是全校的——都集中在他所在的区域。

当然，这是因为他的新同桌——戚梦萦。

黎敏儿虽然不再被喇叭花幻象纠缠，然而对戚梦萦的羡慕与嫉妒丝毫未减。她和班上另外几个女生对这位插班生嗤之以鼻，觉得围观的人幼稚、愚蠢，不过是图一时的新鲜罢了。对于柳嘉最近恍惚的状态，她们倒是和其他同学的看法一样——一定是乐昏了头。

老师们似乎也对这位新来的转学生好奇极了，上课时频频点名，让戚梦萦回答问题。

戚梦萦对老师们的提问对答如流，课堂几乎成了她的个人才艺秀，而柳嘉和易天爵纷纷凄惨地沦落为“点外卖附赠的餐巾纸”，他们的无知，和戚梦萦的博学形成鲜明对比，这让柳嘉觉得羞愧极了。易天爵甚至将戚梦萦当成比幻象病毒更可怕的存在，将课桌搬得越来越远。

不仅如此，每当下课后，戚梦萦还会将自己的一些奇怪小玩具，主动地送给班上的同学们。

大家很开心，将收到戚梦萦“小礼物”的同学，称之为“幸运儿”。

只有柳嘉察觉到，所有收到小玩具的同学，此前或多或少都被幻象纠缠过……

对于同学和老师们的狂热，戚梦萦不以为然。柳嘉猜想，或许是因为她早已习惯……

戚梦萦平日里总是一副云淡风轻的神情，如同不食人间烟火的仙子，静静地坐在座位上，翻阅着各种内容复杂的书籍，沉浸在自己的世界里。

无论从哪一个角度望过去，戚梦萦都是一幅美不胜收的图画。而那些热情的崇拜者抑或冷嘲热讽的小人，全成了在“戚梦萦雪山”下顶礼膜拜、叽喳乱叫的小猴子。

偶尔，柳嘉察觉戚梦萦会淡淡地扫视自己一眼，只是那目光轻盈如风，一晃而过。

柳嘉甚至怀疑，那只是自己的错觉……

不过，当戚梦萦扫见柳嘉作业本上密密麻麻的红叉时，冷傲的脸颊总会轻微抽搐……

柳嘉赶紧把作业本合上，脸面摇摇欲坠，心中万分懊悔没有好好学习。

这天是星期五，历史课上，老师盛赞着戚梦萦对中国古代史独到的见解。

往日课堂上躲避老师目光的柳嘉，第一次产生了上课发言的冲动，他大胆地举起了手。

“我认为……读历史就像经历了一场前人的梦，所以历史是梦的预演。”柳嘉胸有成竹地回答着，却得到班上同学的嘲笑。

“大话精到底在说些什么呀?”

老师对柳嘉的说法表示无法苟同。柳嘉感觉就像被火烧着了一样难受。

然而，他的眼角余光却看见戚梦萦投来一个探寻的眼神，这一次，他可以确定，戚梦萦一定是在打量自己，不同于平日里的淡漠，似乎带着些许好奇与赞许。

柳嘉的心脏快速跳动起来。

到了放学，另一件让他吃惊的事情发生了，一张神秘的纸条出现在了他的课桌里!

他反反复复地查看着手中的纸条——这是从作文本上撕下

来的一页纸，上面写着几个歪歪扭扭的字，但看得出写这张纸条的人很认真——

邀请函

朋友，都，不必隐藏！
你额头的伤口，你的不同，你犯的错！
他们说，要带着光，去驯服每一个幻象。
他们说，要缝好你的伤，没有人爱小丑……
谁说满身污泥的人不算英雄！
周六晚七点，星桥广场欢乐屋餐厅，第一届“孤勇者”
线下聚会，诚邀参加。爱你不下跪的模样，敢爬尖叫
的墙！爱你和我那么像，看到的幻象都一样。
一起来挑战吧！

邀请人：一群孤勇者

柳嘉已经很久没有收到过同学的邀约了，更何况还是跟幻象有关！这是戚梦萦写给他的邀请函吗？柳嘉又仔细地看了一遍纸条。字这么丑……多半不是了。难道是易天爵？但易天爵向来只喜欢用拳头说话。

柳嘉握着纸条的手心仍然发烫，不管怎么样，他都觉得这个活动很有必要参加……可是真的要去吗？我配吗？这褴褛的披风……

回家的路上，柳嘉像中了幻象病毒，一路发出震耳欲聋的战斗怒吼。

恰巧，星桥社区居委会投票决定，周六将在广场上举办社区创意市集！活动概念海报张贴在星桥中央广场之后，邻近的居民们全都沸腾了起来。

柳嘉也对这个周末期待极了，因为他有一个重要的约会。

好不容易熬过晚饭时间，舅舅一家终于手忙脚乱地出门了，柳嘉匆忙赶往星桥社区的小广场赴约。

下了许久的雨终于停了下来。柳嘉看见暗红色的月亮在夜空高悬，月光如织，像一丝丝挥洒下来的妖娆红线。

他来到湿漉漉的小广场上，这才发现，幻象病毒流行后，自己很久没有来过这里了。

印象中原本设施陈旧的小广场，有着坑洼不平的地面、积满黑泥水的花坛，小商铺周围刺眼的广告灯箱交织成一片混乱而绚丽的颜色……

但不知从何时起，这里已经被修葺一新。

路边的树上挂满了小彩灯，一个三米多高的机器人模型耸立在小广场的正中央，两台大型电动玩具车正在轨道上发出轰鸣，大人和孩子们都争先恐后排队坐上去，体验肾上腺素飙升的快感！

也许是居民们压抑了太久，这天晚上小广场人满为患。

广场外围密密麻麻地拥簇着一圈创意市集小摊，各种形状奇怪的帐篷林立，潮水般的人流在那里穿梭。

附近的居民和小摊贩们，在帐篷下的小桌板上，摆放了五花八门的被翻新的旧玩具、一些香气四溢的街边美食，或是打磨粗糙的手工艺品、旅行时买回来的纪念物，以及一些非常有年代感的服装等。

柳嘉一眼就看见了挤在人群中的舅舅一家。

崔牛牛突发奇想，用废纸盒装扮自己，扮演史上最酷的齐天大圣——孙悟空高达！

舅妈和舅舅为了配合崔牛牛，也用纸盒把自己装扮成了猪八戒高达和沙和尚高达。崔牛牛就像柳嘉所想的一样，胖乎乎的脑袋根本就戴不上紧箍圈，他正兴高采烈地举着一根咬过几口的烤玉米。

“嘿！大话精！”

柳嘉的肩膀突然被人拍了一下。

他转过头去，看见隔壁班的贾子龙带着四个男生就站在身后。他和这几个男生并不太熟，但知道他们都不好惹。

更让柳嘉吃惊的是，他们的身后，跟着一只地狱犬幻象！这只恶犬比寻常的黑背犬还要大上一号，三只脑袋露出狰狞的表情，似乎要将几个男生吞下去。

柳嘉能看见不断有黑雾从男生们的身体里钻出，被地狱犬贪婪地吸食着，就和之前缠着黎敏儿的喇叭花一样！

“你、你们好……”柳嘉局促地说，想赶紧离开以免横生事端。

“好什么好！”贾子龙摇晃着他的爆炸头假发，站在他的小伙伴中间，像一个摇滚巨星，“走，我们饿了，吃汉堡去！”

“可是，我约了朋友……”柳嘉赶紧说。

不过他很快就发现自己说错话了，贾子龙和其他几个男生都阴阳怪气地笑了起来。

“大话精，难不成还会有其他什么人约你?”贾子龙坏笑着说道。

“难道你们就是……一群孤勇者?”柳嘉一整天的期待化为泡影，顿时有种上当受骗的感觉。

贾子龙一把揽住柳嘉的肩膀，嬉皮笑脸地说道：“可不就是嘛。约你一起过周末，是不是很感动?”

贾子龙说完，揽着柳嘉便朝广场边的欢乐屋餐厅走去。男孩们纷纷坏笑着跟上。地狱犬仿佛看见了新猎物，三只脑袋交头接耳。

柳嘉像一条咸鱼，身不由己地被拉着一路小跑，沮丧地闭上了眼睛。

他记得贾子龙他们以前虽然吊儿郎当，但绝不是车匪路霸呀！多半是被地狱犬幻象控制了，可柳嘉却无能为力。

欢乐屋是一家网红餐厅，里面的人比想象中还要多。

贾子龙一伙在餐厅角落里找到了一张大餐桌，便将柳嘉摁在座位上。

“大话精，你一定很好奇，我们‘一群孤勇者’最近在干什么吧?”贾子龙不怀好意地问，他挑起一边眉毛，朝旁边那个干瘦得像一根木雕的男生使了个眼色。

“看好了，大话精……”“木雕”从腰包里掏出一个塑料袋，将一堆像从垃圾桶里翻出来的东西倒在柳嘉的面前，“这些都是我们的最新发明——绝对的黑科技!”

柳嘉用力眨了一下眼睛，怀疑自己出现了幻觉——桌上分明只有一块破眼镜片，还有几张皱成咸菜般的口罩……这些是黑科技？

“我就知道你不懂，因为这些发明已经超乎了你贫瘠的想象力！”贾子龙突然凑到柳嘉耳边，神秘兮兮地指着眼镜片悄声说，“这可是幻象专业放大器，有了它，就能观察到幻象了！”

柳嘉拿起破旧的镜片在眼前晃了一晃，就是一块普通的镜片，而且他其实很想说，比起能看到幻象，他更希望自己什么也看不到……

“老弟，你再看看这个！”贾子龙晃了晃手中的口罩，用力拍在柳嘉的嘴上，“痊愈的幻象感染者戴过的口罩，自带疫苗！给你内部价！”

“那、你们要卖多少钱呢……”柳嘉嘴角抽搐了两下，只能祈祷他们的良心还没有被完全泯灭。

“这个数。”贾子龙伸出三根手指。

“三、三十元?”柳嘉小心翼翼地问。

“开什么玩笑！”贾子龙毫不客气地大声说，“三百元！”

“什么？就这些破烂，也要三百元吗?”柳嘉吃惊地问。

“嫌贵？难道你想对峙绝望吗?”贾子龙一脸诡笑，靠在沙发上跷起了二郎腿。

“别跟他啰唆，拿来吧！”鸡冠头男生一把从柳嘉上衣口袋里拽出钱包，嫌弃地撇撇嘴，“喊，才这么点！”

“行了，快去买些吃的喝的！说了半天，渴死我了！”贾子龙大声嘱咐拿走柳嘉钱包的“木雕”和“鸡冠头”。

“唉，我的钱……”柳嘉站起身，却被贾子龙一把拽回座位上。

“嘿，大话精，交个朋友嘛。我们一群孤勇者之间，是不分你我的。”贾子龙奸笑着，头顶的地狱犬跟着一起咆哮。三只脑袋凑过来盯着柳嘉，柳嘉几乎能感受到犬嘴里喷出的热气。

柳嘉害怕地缩了一下脖子。此时此刻，他无比希望自己能有戚梦萦一样的能力，只要浇瓶矿泉水，就能让幻象烟消云散。

“行啦！”鹰钩鼻男生讪讪地笑，“反正你也没别的朋友。”

“学校里谁都看得出来，你想和易天爵大哥，还有新来的转学生搭讪，但他们怎么会理睬你这样的大话精？”另一个刺猬头男生摇头晃脑地说。

易天爵和戚梦萦可不是这样的！柳嘉很想辩驳，可是心里却充满了犹疑。

“他们和你聊过天吗？打过招呼吗？别白日做梦了。”贾子龙撞了一下柳嘉，“不如加入我们，说不定你的大话精才能，能与众不同！”

贾子龙几人坏笑了起来。他们身上的黑雾愈发浓重，地狱犬露出陶醉的神情。

“我才不——”

“喂，欺负弱者，算什么英雄？”

柳嘉的话还没说完，一个声音让餐桌边的所有人都闭上了嘴。

“易天爵大哥——”贾子龙收起嚣张的嘴脸，谄媚地把易天爵迎到桌子中央旁边的空位上，“您，您怎么来了？”

“刺猬头”和“鹰钩鼻”也赶紧让座。

易天爵瞪着柳嘉。柳嘉不由自主地缩起脖子，跟着毕恭毕敬地站了起来。

他害怕地暗想着：难道易天爵和贾子龙他们是一伙的？

“哈哈——看看我们发现了什么！大话精的全家……”

“木雕”抱着一堆汉堡，“鸡冠头”挥舞着柳嘉的钱包和一张照片兴冲冲地走来，但看见易天爵后马上变成了两只相拥冬眠的鹌鹑。

贾子龙不停地对他们使眼色。

他把“木雕”怀里的汉堡全堆在易天爵面前：“听说您喜欢吃汉堡，今天请您吃到饱，还打包！哈哈哈！”他说完朝其他人使了个“撤退”的眼神，连地狱犬似乎都有些忌惮易天爵，发出阵阵低吼。

易天爵面无表情地看着眼前的“汉堡山”，突然低吼：“都给我站住。”

贾子龙和其他男生就像被摁了暂停键，赶紧原地立定。柳嘉更是一动也不敢动，一只脚悬停在半空中。

令他吃惊的是，易天爵居然撩起袖子朝着贾子龙冲了过去！难道，他想打人吗？柳嘉有点儿不敢看接下来发生的事情！

贾子龙一伙也被易天爵的样子吓到，惊恐地闭上了眼睛。

然而，当他们睁开眼，却看见易天爵竟然在和他们脑后飘着的几个气球搏斗。

“呃，这几个气球这么碍眼？”

“一定是花哨的颜色，不受易天爵大哥喜欢……”

柳嘉猜想，易天爵或许感觉到了那里有些不对劲，只是他看不见地狱犬幻象，因此在试探幻象旁边的气球。

这时，地狱犬幻象抬起利爪，恶狠狠地抓在了易天爵的手臂上。虽然看不见伤口，但易天爵仍然疼得直龇牙。

“易天爵！”柳嘉握紧口袋里的帆船项链，但不知为何，颜色变得灰暗的项链这一次失灵了，没有像之前那样闪烁蓝光，并且将幻象驱散！

柳嘉只能眼睁睁地看着易天爵像被困在黑暗中的勇士一般，徒手和看不见的幻象搏斗！

贾子龙等人则看着易天爵奇怪的行为，惊得半天说不出话来。

最后，地狱犬终于被易天爵赶跑了！

它消失在餐厅的一瞬间，贾子龙和其他男生一脸迷茫地回过神来，接着又被易天爵愤怒的样子吓了一跳。

“刚才发生了什么？”

“易天爵大哥，您没事吧？”

易天爵只是捂着疼痛难当的手臂，沉默地摇了摇头。

“鸡冠头”疑惑地看着柳嘉的钱包和一张照片，讪讪地将它们递给了易天爵：“易天爵大哥，我、我也不知道这是怎么到我手里的……”

易天爵低头看了眼手中柳嘉的全家福：“没事的话，你们可以走了。”

贾子龙一行人摸着头离开了，似乎还在为自己忽然失去了一段记忆而感到奇怪。

而柳嘉站在原地，难以置信地看着易天爵，心中既佩服又激动。

他佩服易天爵居然敢与幻象正面搏斗！而激动的是，他现在几乎可以肯定，易天爵虽然看不见幻象，但却能感觉到幻象的存在。而他，柳嘉，不再是孤独的一人了。

“易天爵……”

“砰”的一声，柳嘉话还没说完，钱包就被易天爵用力扔进了他的怀里。柳嘉感觉像是接住了一个全垒打棒球。

易天爵非常恼火地看着柳嘉，语气严肃低沉：“……失去的东西，要靠自己拿回来。”

说完，他将柳嘉的全家福照片轻轻放在餐桌上，然后便转身走进人群中，离开了餐厅。

柳嘉默默地望着易天爵的背影，深吸一口气，握紧钱包快步朝易天爵追去。

他决定要勇敢地向易天爵说出自己和幻象有关的经历，或许，他们因此能成为朋友也说不定。

然而，就在他走出餐厅时，却看见舅舅迎面朝他跑来，面色充满了惊惶和焦虑。

“柳嘉，快跟我去医院！小如……你妈妈她发疯了……”

第六幕 结束

ACT
07

第七幕

疲倦天鹅之舞

舅舅驱车载着柳嘉匆忙赶往瑞楠医院。

瑞楠医院的位置很偏僻，但因为最近感染幻象病毒的人越来越多，停车场早已经停满了车辆。舅舅只好在距离医院两个路口的路边，找了个临时的停车位，然后带着柳嘉在夜色中一路疾行。

红月当空，垂落下暗红色的光芒。

街道上每隔很远一段距离，才会有一盏路灯，路上显得孤凄昏暗。

柳嘉和舅舅在夜色里一前一后地往前走。

经过一个仍在营业的便利店门口时，心事重重的柳嘉并没有注意到，在门边巷子阴影处，站着一个身穿白色实验室长褂的男人。他的身材并不高大，但却结实挺拔，透露出一股军人的气质。微卷的头发稍稍有些凌乱，眉头微皱着，敏锐的双眼正透过一副银框眼镜，沉默地看着从他面前匆忙走过的柳嘉和崔启明。

柳嘉也没有注意到，在他拐过另一个街口时，仍旧还是这个男人，站在一堵贴满了花花绿绿广告纸的围墙边，双手插在了口袋里，注视着他和舅舅匆忙走过……

当柳嘉和舅舅抵达瑞楠医院时，他们已经满头大汗了。

三三两两从瑞楠医院出来的人，与柳嘉擦肩而过。他们或者悲伤，或者满怀希冀，或者踌躇不前，或者痛哭流涕。一位胖护士早已经在住院部门口等候，带着心急如焚的柳嘉和舅舅赶往崔如意所在的 405 号病房。

住院部是一幢老旧的楼房。墙面发黑，里面阴冷潮湿，弥漫着消毒水的气味。柳嘉很不喜欢这里，但为了探望生病住院的妈妈，他什么都能忍受。

登上一段旧楼梯后，他们到达 405 号病房门外，一阵梦呓般的哼唱声幽幽传来……柳嘉的心猛地揪紧了。

胖护士推开了病房的门。房间里没有开灯，空气冰冷。

柳嘉看见妈妈正光脚站在窗前，仰望着窗外，轻哼着一曲轻快的童谣，那是她过去常常唱给柳嘉听的催眠曲。

一个多月不见，妈妈已经被幻象病毒折磨得形容枯槁。她穿着一条宽大的白色睡裙，脸苍白得没有一丝血色。若不是她在缓缓地眨着眼睛，很难令人相信她仍然活着。

暗红色的月辉静静洒在崔如意消瘦的身躯上，令她犹如一个午夜的幽影。一头乌黑长发混乱纠结地披散着，右手握着一把锋利的剪刀。

“今早突然发狂，已经用剪刀划伤了好几个护士。”胖护士叹了口气，“冯医生刚给她打过针，现在暂时安静下来了……不过还是很危险，暂时不要靠近她。”

“小如……”舅舅崔启明在一旁不停地唉声叹气。

他和柳嘉打了声招呼后，便跟随胖护士去一楼办公室找冯医生谈话了。

柳嘉独自留在了病房里。

“妈妈！”柳嘉轻声呼唤着，声音有些哽咽。他不顾胖护士的警告，朝妈妈走了过去。可是妈妈对他的呼唤没有丝毫的反

应，仍旧看着窗外，轻声哼唱着歌曲。

柳嘉注意到床头柜上那本厚厚的病历本，拿起来轻轻翻开。

主治医生笔走龙蛇，在上面写了许多他看不懂的术语和英文词汇……但是“重度抑郁”“非常虚弱”“生命危险”“精神幻觉”“无药可救”……这些词柳嘉却很明白是什么意思。

柳嘉的眼眶湿润了。

“妈妈……我来看你了。”他抬起头，轻声呜咽着。

忽然，柳嘉发现一个被砸碎的八音盒，零件散落一地。那个八音盒是父亲留下来的，舒缓的旋律可以驱散梦魇。柳嘉上次来探望时，特地将八音盒摆放在妈妈的床头。

这时，妈妈终于缓缓地转过头，朝柳嘉看了过来。她的皮肤蜡黄，脸颊深陷，曾经温柔的双眸此刻空洞无神，干瘦的脸上露出一个不真实的笑容。

“小嘉啊，放学啦？”她发出一个气若游丝的声音。

柳嘉轻轻地拨开崔如意脸颊上乱糟糟的发丝，点了点头。

“小嘉啊，你怎么哭啦？”崔如意用手指轻拭了一下柳嘉湿润的眼角，“被同学欺负了吗？”

柳嘉赶紧用衣袖抹去眼泪，摇摇头。

“对不起，妈妈，我现在才来探望你……对了，我上星期参加了班上的猜谜比赛，得了第一名！”柳嘉哽咽地说，想让妈妈开心。

“小嘉真是好孩子，等你写完作业，爸爸妈妈就带你出去玩哟……”

柳嘉把脸深深地埋在崔如意冰冷的手心里，眼泪大颗大颗地落了下来。

“妈妈，爸爸已经去世了……”

“傻孩子，胡说什么呢。爸爸不就在那里吗？”崔如意轻声说着，指了指房间的一个角落。

柳嘉转头看去，角落里除了一张木摇椅，什么都没有。

不，不……那里还有一个身影！

柳嘉浑身的血液突然凝固了，那只五眼乌鸦不知何时飞了进来，正站在那张摇椅上！

“呱——呱呱——”

病房里的光线变得更加暗淡了，温度骤然下降，柳嘉忍不住打起寒战。

幻象……又来了吗……柳嘉害怕得瑟瑟发抖，却不知该向谁求救。

就在这时，五眼乌鸦竟朝母亲冲了过去！

“妈妈！”柳嘉顾不得害怕，疾步冲上前驱赶乌鸦。

然而，五眼乌鸦却宛如泡影般突然消失了。

甚至就连病房也都消失无踪了。

柳嘉吃惊地愣在原地。当他回过神时，发现自己竟站在了游人如织的米兰游乐园里……

一轮红月高悬夜空，明亮的彩灯映照着人们欢笑的脸庞。

“小嘉，你准备好了吗？”一个熟悉的声音响起。

柳嘉困惑地回过头，在他身后的竟然是父亲——柳真夜！

母亲正笑意盈盈地挽着父亲的手。

柳真夜那双粗糙的大手轻轻抚摸柳嘉的头发，笑容在他俊朗而沧桑的脸上显得格外的温柔。只是，柳嘉没有闻到父亲身上那熟悉的海腥味，而是闻到一股腐烂的味道。

不仅如此，他还发觉自己变成了五岁时的模样。

“小傻瓜，忘了吗?”母亲微笑着站在一旁，乌黑柔顺的长发披在身后，手中还提着一盒模型玩具，“今天是你的生日，等会儿放烟火的时候，要记得许愿哟!”

“生日……”柳嘉喃喃地说。是的，他想起来了，这正是他五岁生日时，父母带他去游乐园玩耍的场景。

柳真夜弯腰将五岁的柳嘉抱了起来，放在自己宽厚结实的肩膀上，让他坐上特别的儿童座。柳嘉的视野瞬间开阔起来，那轮巨大的红月近在咫尺。人们的欢呼声中，一朵金色烟花在夜空中绽放，化成无数金色光点，在风中纷纷扬扬地飘散。

“小嘉，生日快乐!”

“小嘉要许愿，永远和爸爸妈妈在一起哟!”

在鼎沸的人声中，柳嘉隐约听见了父母的声音，只是声音变得越来越遥远……

紧接着，他周围的影像开始变得虚幻起来，并且飞快地跳转。他仿佛回到了那一列轻轨列车上，在红月的注视下，穿过一幕幕景象——

翠绿的山坡上，柳嘉和父亲、母亲一起种下一棵金橘树，庆祝植树节。

热闹的街道上，柳嘉拽着印有“六一儿童节快乐”的氢气球，坐在父亲的肩膀上，和父母一起看花车巡游。

盛夏时，他和父母在海滩上玩耍。

新年时，全家人一起包饺子……

父亲和母亲的欢笑声时远时近，若有若无。

“小嘉要许愿……”

“永远和爸爸妈妈在一起哟!”

“永远在一起……”

“永远……”

“永远……”

“砰——”一声闷响，柳嘉的眼前突然一片漆黑。

当他的视线再次变清晰时，他发觉自己正站在明德校园操场的跑道上，天空中暴雨倾盆。

他打了个寒战，望向不远处的主席台。不出所料，在雨中变得皱巴巴的鲜红的横幅上，印着几个大字——明德新生运动会。

柳嘉浑身猛烈地颤抖起来。

这是他永生难忘，并且无法承受的一天。

这一天，他作为新生，第一次参加学校运动会。父亲答应会来给他助威，可是直到运动会结束都没有出现。

柳嘉固执地站在暴雨中等待父亲。在不远处的树下，母亲正在打电话。突然间，她的手机掉落在泥泞的草地上，双手捂着脸痛哭了起来。

柳嘉的心像被刀绞一般地疼。因为他清楚地记得，此刻发生了什么。

母亲一整天都在联络他的父亲柳真夜，最后却接到了一个神秘的电话，被告知——柳真夜遭遇突发海难去世了!

柳嘉的泪水奔涌而出，与雨水混合在一起，淹没了脸颊。

轰隆隆隆——

天空中响起一阵阵震耳欲聋的雷鸣声。

柳嘉仰起头朝阴沉的天空望去，令他惊愕的是，一艘巨大的风帆战舰正从他的头顶上空飞过！战舰向两侧展开着白色的宽大船帆，在密布的浓云间激烈沉浮，并发出“嘎吱嘎吱”的巨响声，如同一只正与风浪勇敢搏击的巨大海燕。

很快，帆船便消失在云雾间。

当柳嘉再次朝前方看去时，一张冰冷的铁床被摆放在他的面前。

这是一个如同冰窖般阴冷的昏暗房间，铁床上铺着雪白的床单。一面巨大的深灰色玻璃墙上，映出浑身湿透的小柳嘉和他母亲崔如意柔弱的身影。

“突发海难……找到他的时候，已经停止了呼吸。”旁边一位老医生声音低沉地说。

崔如意强作镇定地走过去，颤抖着掀起白色床单的一角。床单下出现一张惨白扭曲的脸，正是柳嘉的父亲——柳真夜。

崔如意扑倒在床上，大声痛哭起来。柳嘉拖着沉重的脚步走上前，从母亲的背后紧紧抱住了她，眼泪如决堤之水般流淌。

忽然，柳嘉的脸色骤变。

因为母亲的呜咽声，像是哭，又像是在笑。

“小嘉啊，你生日时不是许过愿，想永远和爸爸妈妈在一起吗？”母亲说着，转过头来，被泪水淹没的脸颊上，优雅而温柔的笑容显得有些诡异，“我们以后，就和爸爸一起待在这里好吗？”

“待在这里？”柳嘉疑惑地望着母亲，发现她脸上闪着诡异的光。

柳嘉惊恐地站起身，退到房间的门边。

“好孩子，和我一起留在这里。”

“崔如意”的笑容依然优雅，她站起身，朝柳嘉走了过来。

诡异的光消失后，她脸上的五官竟然也消失不见了！

“你不是我的妈妈！别过来——”柳嘉害怕地大声叫喊着，打开了身后的门冲了出去。

忽然间，他发现自己竟闯进了一间古典雅致的芭蕾舞练习室里。

柳嘉记得这间芭蕾舞练习室。

母亲曾经是米兰市著名的芭蕾舞演员，《睡美人》和《天鹅湖》是她经常表演的剧目。这里正是母亲过去经常来练习芭蕾舞的地方，此刻正播放着古典乐《天鹅湖》。

一道灰白色的光透过墙上那扇椭圆形大窗户，落在大理石地面上，反射出一片氤氲的银斑，犹如微波粼粼的湖面。

一位穿着纯白芭蕾舞裙的年轻舞者，正在“湖面”的中央随着音乐翩翩起舞。她姣好的面容犹如初绽的蔷薇，乌黑的秀发轻绾在脑后，舞动双臂时犹如一只优雅美丽的天鹅。

“妈妈……”

柳嘉站在练习室的角落里，吃惊地看着正在跳舞的母亲，一时间有些分不清楚，这究竟是现实还是幻境。

他过去经常到这间练习室看母亲练舞。只是今天的她跳得格外用力，踮着脚尖不停地旋转跳跃，并且速度越来越快，直至出现了一个浓厚的重影。

重影穿着黑色的芭蕾舞裙，犹如黑色的天鹅，与身着白裙的母亲一同共舞。“黑天鹅”气势凌厉，不停压制着“白天鹅”的舞步。“白天鹅”不甘示弱地努力抗争，双方你来我往，犹如一场极致优雅的战斗。

“妈妈，别跳了，这样下去你会累垮的！”柳嘉害怕地说。

然而崔如意似乎听不见柳嘉的话，她和重影的战斗越来越激烈，最后竟用如刀片般锋利的指甲，互相搏杀起来！崔如意的脸上、身上出现一道道伤痕。

“妈妈！快停下！”柳嘉焦急地大喊。

此时，音乐进行到了末段，“白天鹅”和“黑天鹅”双双单膝跪地，四臂交叠，看起来像在拥抱，又像是在进行最后的厮杀。

当终结的音符落下，穿着白舞裙的崔如意倒下了。

她的黑色重影以胜利者的姿态缓缓地站起身来，转过脸对柳嘉露出一抹诡异的笑，红唇在昏暗的光线中非常刺眼。

柳嘉记得，妈妈从来不会涂这种颜色的口红。

“生而为人，终会凋零。而凋零也是一种美丽，不是吗?”黑天鹅妖媚地笑着，优雅地向柳嘉伸出一只手，“小嘉，和爸爸妈妈永远在一起。”接着，她又换成了柳真夜的声音，“永远在一起……”

柳嘉已经害怕得连话都说不出来了，身体紧紧地靠在墙上。

“不，你不是我的妈妈！”

第七幕 结束

狩梦奇航

孤勇者的觉醒

ACT

08

第八幕

绝命天鹅湖

“哈哈哈哈——”

“黑天鹅”的诡异笑声在回响，忽远忽近……时有时无……

不仅如此，许多舞者的幻象出现在了她的周围。

它们全都化着妖艳的浓妆，身着黑色的衣裙，如同鬼魅般疯狂地扭动腰肢，手臂像蛇一样彼此纠缠。仿佛在欢庆着黑天鹅的胜利。

柳嘉惊骇地屏住呼吸。

这时，“白天鹅”拼命挣扎着从地上站了起来。她身上的洁白芭蕾舞裙渐渐消失，变回宽大的病服，乌黑的长发披散在身后，锋利的指甲变成了那把锋利的剪刀。舞蹈室幻象也随之消失不见了，柳嘉重新站在了 405 号病房里。

只是，“黑天鹅”和舞者幻象并没有离去。

“不许……伤害我的孩子……”“白天鹅”崔如意虚弱无力地说，目光却无比坚定。

“他不也是我的孩子吗？”黑天鹅高傲地扬着下巴说。

崔如意踉踉跄跄地挡在柳嘉身前，单薄瘦弱的身体猛烈地颤抖着，她瞪着黑天鹅的眼睛因为愤怒和疯狂而变得通红。

“是你们……是你们害死了真夜！现在又想害小嘉？我绝不允许！”她大声尖叫着，握紧手中的剪刀，冲上前和黑天鹅以及其他妄图伤害柳嘉的舞者幻象拼命。

“哈哈哈……哈哈……”幻象们大声嘲笑。

它们丝毫不躲闪崔如意的攻击，因为那把剪刀对它们毫无用处。

“妈妈！”柳嘉担心地看着疯狂的母亲，却找不到机会上前阻拦。

这时，崔如意大喊着用剪刀猛地朝“黑天鹅”刺了过去！

“小如！你做什么？”崔启明舅舅正好推门进来，惊慌大叫。

他和胖护士此时就站在“黑天鹅”的身后，和它半透明的身体隐约重叠着。

胖护士尖叫着逃离。舅舅躲闪不及，伸手抓住了崔如意的手腕。

“还给我！把真夜还给我！不许伤害小嘉！”崔如意疯狂地嘶吼，就像一头发狂的母兽。

“小如！醒醒！是我！”

舅舅吃力地阻挡着崔如意的攻击，但手臂还是被锋利的剪刀划伤了。

“我去叫人！”胖护士惊叫着冲出病房。

“妈妈！”柳嘉冲上前，想要阻止母亲的疯狂行为。

忽然间，“黑天鹅”挡在了他的面前。它明明长着和母亲一模一样的美丽脸庞，但眼神却充满了暴戾，并且朝柳嘉露出一个邪恶而妖媚的笑容。

“你哪里也不许去，好好地看我们的表演。”

“黑天鹅”飞快地挥动双臂，周围的幻象也都扭动得越来越妖异。

柳嘉惊恐地看见，在那“黑天鹅”的身后，母亲正高举着剪刀，一步步朝他走了过来！

散落在地上的八音盒零件割破了她的双脚，但崔如意似乎完全感觉不到疼痛……她瞪着布满血丝的眼睛，神情变得越来越暴戾，凌乱的发丝披散在苍白的脸庞前。

“把真夜还给我……不许伤害我的孩子！”崔如意一边大喊，一边挥动剪刀冲向“黑天鹅”，同时也刺向了柳嘉！

“黑天鹅”突然消失不见了。

柳嘉本能地侧身躲避，剪刀从他的手臂上划过，柳嘉痛得大声惨叫。

崔如意愣住了，她望着受伤的柳嘉露出一个扭曲的笑容：“小嘉啊……你怎么哭啦……爸爸明天就回来啦……”

“妈、妈妈……”柳嘉痛苦地抽泣着，但并不是因为受伤的手，而是心像在滴血般疼痛。

幻象们围成了一个圈，飞快地旋转、起舞。崔如意站在幻象们的中间，木讷地跟着它们在原地转动，就像迷途天鹅般不知所措。

冯医生和值班警卫跟着胖护士匆忙赶来了。

他们看见病房里的景象，吓了一跳，赶紧冲上去抓住崔如意，将她的手臂反扭在背后，并且将剪刀甩在了地上。

崔如意疯狂地用力挣扎着，想要用牙齿撕咬周围的护士和警卫，直到护士动作敏捷地给她打了一针镇静剂，她才终于渐渐地安静了下来。

护士用防护皮带，将她紧紧绑在了病床上。

“咯咯……不要怕，小嘉……”崔如意看着天花板轻笑着，再次轻轻地哼起了那首童谣。

柳嘉不知道自己是怎么被胖护士和舅舅崔启明强行带出病房的。他感觉自己如同梦游般穿行在走廊上，最后来到了一间狭窄的护理室里。

冯医生和胖护士为柳嘉和崔启明处理伤口。

崔启明心情沉重地叹着气："怎么会这样……这样下去如何是好……"

胖护士轻声安慰着他。然而柳嘉完全听不进去他们在说些什么，他仍然沉浸在刚才的恐惧与悲伤中。

他很清楚，405 号病房里的幻象还没有散去。母亲刚才并不是想要伤害他，而是想要保护他。但他同时也知道，不会有人相信他说的这一切。

"崔如意女士的病情过于严重，连自己的孩子都已经认不出了……"冯医生为难地说，"警局最近为有暴力倾向的幻象病毒感染者设立了专门的隔离房。崔先生，我们建议您能配合我们报警，将崔如意女士送去警局收容。"

"眼下也只能这样了……"崔启明唉声叹气地说。

"不！"柳嘉激动地推开胖护士正为他擦拭伤口的手，"你们不能把我妈妈送去那种地方！"

他从一些新闻中了解到，那些被关进收容所的幻象病毒感染者，意味着被判处了"极刑"，大多数都在禁闭中彻底发疯了！

"柳嘉，别胡闹。"舅舅烦躁不安地瞪着柳嘉，"难道你还有别的办法吗？"

"我就是不同意！妈妈绝对不能去那里！妈妈刚才是想保护我！"柳嘉已经泣不成声了。护理室里，气氛沉重得令人窒息。大人们全都低着头，沉默不语。

柳嘉不停抽泣着。他真希望有人能告诉他，现在该怎么办。

他已经失去了爸爸，如果再失去妈妈……他从未像现在这样感到孤单无助。这样沉重的悲伤，他到底还要承受多少……

忽然，一道亮光划过柳嘉的眼角。他想起了那条帆船项链。

紧接着，一道闷雷般的声音突然在他脑海中炸响。

“失去的东西，要靠自己拿回来！”

易天爵鄙视的目光刺痛了柳嘉的心，但也让他清醒了过来。

柳嘉从钱包里拿出和父母一起拍的全家福照片，他哀伤的目光渐渐变得坚定，因为颓丧和软弱而弯曲的脊梁也重新挺直了起来。

柳嘉从座位上站起，不顾周围人的阻拦，冲出了护理室朝母亲的病房跑去。

“我要保护妈妈！这是我和爸爸的约定！”

这一刻，月光似乎异常明亮。

在病房对面的高楼上，从瑞楠医院外便一直观察着柳嘉的那位年轻男子，缓步走上了天台。他的白色实验服在夜风中衣袂翻飞，挂在胸口的名牌上显示着他的身份信息：

天台山脑科学研究所，博古医生。

此时，在天台的护栏边，一位头发灰白的老人已经站在了烈风中。

老人个子瘦高，须发如雪，目光如鹰隼般锐利，仿佛能看穿世间的一切虚幻，甚至能看透时空与生死。他也穿着白色的实验室长大褂，他手中拿着一个古旧的航海望远镜，正聚精会神地观察着病房内的柳嘉。

望远镜的镜头随着他轻轻地转动，镜片不停变幻着各种颜色。

“咔嗒”一声，他通过蓝色的镜片，看到了柳嘉被一个屠夫扛在肩上，而他却浑然不知地闭上双眼，许着生日的心愿……

他转动镜头，“咔嗒”响了三声。冰冷阴暗的房间内，柳嘉正被红衣仕女逼迫，仕女不断走近他……

“博古，你那边进展如何？”老人声音低沉地询问。

“疗养院的救护车还有一刻钟左右抵达。”博古医生说，“戚梦来院长，3 号实验体……柳嘉的情况……”

“柳嘉刚才差点儿被自己的母亲所伤，已经被带离了病房。之后的进展，你自己看吧。”老人将望远镜递给博古医生，沉重地叹了一口气。

博古医生往前一步站到天台边缘处，神情严肃地接过望远镜，举到了眼前。

在他的对面，瑞楠医院住院部的大楼一片沉寂，绝大多数病房都已经熄了灯，或是拉紧了窗帘。

这时，405 号病房的门被用力推开了。博古医生微微调整了一下站姿，他看见柳嘉站在病房门口，大声呼唤着被捆绑在病床上的母亲，稚气未脱的声音从风中远远传来。

接着，柳嘉朝病床冲过去，却仿佛被一堵看不见的墙所阻挡，根本没法前进一步。

博古医生轻轻摁下望远镜上的一个微型按钮，他眼前那个原本空荡荡的病房，顿时变成了另外一番景象——

病房的窗户后，竟是一片漆黑的湖面，弥漫着暗红色雾气。

崔如意正静静地躺在湖面上，犹如毫无生气的朽木一般。几个样貌怪异的舞者，正在湖面上翩翩起舞。

舞者们拥有着人形的身体，却都长着乌鸦的头颅，手臂是一对漆黑的翅膀。它们妖娆的身体被黑色的羽毛覆盖，在暗红色的月光下，犹如一件正在燃烧的诡异黑色舞裙。

身穿黑天鹅芭蕾舞裙的妖艳舞伶，引领着其他舞者们，在崔如意的周围跳跃、旋转。崔如意的身体随之缓缓下沉，渐渐被湖水吞没……

柳嘉在黑暗的湖水中心急如焚地往前走，高声呼唤着他的母亲。他的大半个身体都被湖水淹没了，乱舞的群魔在“黑天鹅”的命令下，不停地用翅膀将他扇倒，或是用长着利爪的双足抓他的手臂，甚至用长矛一般尖锐的嘴去啄他……

没过一会儿，柳嘉便已经伤痕累累。

博古医生惊愕地看着这令人触目惊心的景象。

他眼看着幼小的柳嘉被一次次击倒后，坠入湖水中，却又一次次顽强地站起来，艰难地将头探出水面，朝快要被湖水完全吞没的母亲走去……这世间似乎没有任何力量能动摇他救回自己母亲的决心。

然而很快，博古医生便发觉自己想错了。黑暗的湖面上突然出现了一个熟悉的人影。

那个人穿着深蓝色的风衣，身影高大挺拔，英俊的侧脸魅力不减当年，目光锐利的眼中饱含沧桑。

“真夜!”博古医生惊讶地低语，一时间有些出神。他缓缓地放下望远镜，眼前的405号病房顿时变回原本的模样。湖泊、柳真夜，还有那些妖媚的舞者全都消失不见了，只有柳嘉精疲力竭地站立在房间中央。

当他重新举起望远镜时，病房窗户后的幻象再一次出现，柳真夜正伸展开双臂，热情地朝小柳嘉走了过去。

博古医生恍然大悟，眼前的柳真夜并不是他的挚友，那只是一个邪恶的幻象，是“黑天鹅”幻化而成的。

“小嘉，我的好孩子。”

幻象模仿柳真夜的声音远远传来，博古医生感到一阵憎恶。

“爸爸……爸爸!”

正如博古医生所预料的那样，柳嘉激动地扑进幻象“柳真夜”的怀里，痛哭流涕起来。

博古医生的内心被触动，3号实验体……毕竟还只是一个孩子。

“小嘉……”“柳真夜”低下头温柔地说，“好孩子，放弃妈妈吧，你可以一个人生存下去。”

柳嘉抬起满是伤痕的脸，目光坚定地望着自己的“父亲”。

“不……爸爸，我可以救妈妈。”

“如果你一定要救妈妈，你也会被幻象病毒感染，然后发疯死去。”“柳真夜”说着，突然紧紧抓住了柳嘉的肩膀，嘴里还同时发出一个疯狂的声音，“听话！好孩子！不要再做无谓的挣扎了！”

“爸、爸爸……”柳嘉痛苦地喊叫着。

这时，“黑天鹅”显现出了它本来的样貌，朝柳嘉邪恶地媚笑着：“既然这么想陪着你妈妈，那我就成全你。你和那个女人……一起去死吧！”

舞者们的舞步更加疯狂了。

柳嘉感到窒息，脸颊涨成了紫红色！

博古医生目光一凛，伸手朝白色实验室长大褂的口袋探去——那里有一把特殊的迷你手枪，可以用来和邪恶幻象一搏！

“我想，你大概不需要这样做。”戚梦来院长在一旁低声说着，他望向405病房的目光锐利而深沉。

“老院长，虽然您今日下达的任务，是观察3号实验体是否具备被招募的潜质，可他毕竟是真夜的孩子，如今陷入危险，怎能……”博古医生的话还没说完，突然就明白了戚梦来院长的深意。

因为他看见，几乎因为窒息而昏迷的柳嘉，身体里竟涌出一团浓浓的黑雾!

这团黑雾瞬间在湖面上弥漫，将一切都包裹了起来。

博古医生什么都看不见了，只听见一阵阵惨叫声从黑雾中传出，令他汗毛直竖。

那些凄厉的叫声并非来自柳嘉，而是来自那些舞者。

一团幽蓝的光在黑雾中闪烁着，并且闪烁的频率越来越快。

紧接着，黑雾消散。

黑色的湖水和那群舞者仿佛被雾气吞噬了一般，消失不见了。病房恢复到原来的模样。

柳嘉瘫倒在地面上，虚弱地呼吸着。

“那孩子……竟有如此强大的能量……”博古医生放下望远镜，难以置信地低语。

“是啊，不愧是真夜的孩子。”戚梦来院长感叹，“祁莲，3号实验体的梦魇测评如何?”

光芒闪烁中，一名年轻女子的虚拟影像出现在他身边。

女子身材高挑修长，穿着和博古医生一样的白色实验室长大褂，五官轮廓深邃，眉心处有一枚发着光的橙色花瓣印记。

“老院长，根据筑梦师玛德琳女士的观测记录，最终测评结果为: 3号实验体的情况十分危险。他的脑波与梦魇幻象高频匹配，刚才还无意识释放了反向精神瘟疫，差点儿连累筑梦师在梦魇同步中脑死亡……”

博古医生眉头紧皱地飞快做着记录。

“强大而混沌的能量……在一个孩子的身上。他很有潜力，同时也非常危险。”戚梦来院长语气沉重地说。

“如果，他最终和 0 号实验体一样，走向另一条道路……”祁莲秘书的虚拟影像显得惶惶不安，“那他极有可能会成为龙巢基地未来的重大隐患。您别忘了，柳真夜、戚灵珊夫妇就是因为 0 号实验体……”

博古医生转过头，用眼神制止祁莲继续说下去。

戚梦来院长叹了口气，拍了拍博古医生的肩膀，心情沉重。

“没关系……这些我都知道。”戚梦来院长语气严肃地说，“这孩子，我们要是置之不理，不出半年，他就将因为精神彻底崩溃而死亡。”

祁莲秘书的影像微微张开嘴，但最终她咽下了唾沫，改变了想法。

“是啊……我们必须做点什么……去守护米兰市，守护孩子们的未来。”祁莲秘书的声音从蓝牙耳机里传来。

“老院长，可否将柳嘉交给我教导？我有决心，绝不会让他走入黑暗中。”月光下，博古医生保持着军人的站姿，严肃地对戚梦来院长说。

“为了你的挚友柳真夜？”戚梦来院长目光深邃地望着博古医生。

“也为了这个和真夜一样正直善良的孩子。”博古医生语气坚定地回答。

戚梦来院长从白大褂口袋里掏出一副老花眼镜，戴在鼻梁上。他站在夜风中，注视着 405 号病房中正被医生和护士救助的柳嘉。

片刻后，他终于下定了决心。

“通知戚梦萦，3号实验体通过认证，今晚龙巢基地会面。”戚梦来院长将双手拢在背后，悠然自语着：“祝你好运，孩子。希望有朝一日，我们也能在梦域相见。”

第八幕 结束

ACT 09

第九幕

天台山疗养院

不知道过了多久，柳嘉在一阵轻微的摇晃中苏醒了过来。他睁开眼睛，发现自己竟坐在一辆救护车里。

窗外夜色正浓，那轮红月紧紧地跟随着他们，在这条死寂的道路上洒下一片猩红色的月光。

车辆的灯光不停撕裂暗红的夜色，将路边的杂草与路牌照亮。柳嘉看见救护车驶入一条名叫“翠云间”的闸道，周围变得越发荒凉。

一位穿白色研究室制服的年轻医生正一脸严肃地坐在他身边，旁边还有另外几位穿着防疫服的工作人员。

柳嘉有些惊惶，他不知道自己为什么会在这辆车里，也不知道这辆车要去向何方，更不知道妈妈此时身在何处……

“你醒了。”一个低沉的声音突然响了起来。

柳嘉转头看着旁边的年轻医生，不安地询问：“你们是谁？是把我妈妈送去警局的人吗？”

“我们不会把你妈妈送去警局。别怕。”年轻医生的声音变得轻柔起来，“我们去一个或许能治好你妈妈的地方。”

“能治好妈妈？那是什么地方？”柳嘉惊喜地问。

他借着从车窗透进来的暗淡月光，看清楚了挂在年轻医生制服上的名牌：博古医生。

“你很快就知道了。”博古医生冲他微微笑了笑，然后转回头不再说话了。

柳嘉的心里有一大堆疑问，可他实在太累了。

刚才在病房中和那些幻象搏斗，耗费了他太多的力气……柳嘉缓缓闭上眼睛，再次睡了过去。

当柳嘉又一次醒过来时，救护车正穿过一扇爬满绿色藤蔓的高大拱门。他看见拱门旁边的一块深褐色巨石上，刻着几个绿色大字——天台山综合疗养医院。

医院里一片宁静，秋虫在轻声呢喃。

车辆沿着一条宽敞的道路继续缓行，两旁的路灯光线柔和。

柳嘉好奇地朝车窗外张望，发现车辆正行驶在一个巨大深坑的上方，沿着一条环绕深坑边缘的道路缓慢前行。

深坑的底部是一片静谧的湖水，在柔和灯光的照耀下，如同一块碧蓝色的翡翠。一幢灯火通明的雄伟建筑从深坑底部拔地而起，如石雕般附着在深坑一侧的岩壁上，外观看上去很像某种巨型动物的巢穴。

在邻近湖面的地方，有一个独立于主建筑之外的半圆形建筑，有四分之一个足球场大小，从上往下望去如同一弯弦月，静静地浮在水面上。

在湖面的中央，一个银色圆盘般的倒影正随着湖水微微荡漾着波澜……柳嘉抬头寻觅倒影的本体，就在这时，他看到了令他无比惊异的景象！

从柳嘉记事的时候起便一直跟随着他的红月，此刻竟然变成了耀眼的银白色！皎洁的银月正高悬在深沉的夜空中，静静地绽放光华。

柳嘉激动地趴在车窗上。

过去，那诡异的红月就像是五眼乌鸦的眼睛，如影随形。他曾经多么期盼能看到父亲、母亲以及那些正常的孩子所看到的月亮。如今，他终于看到了银月，这是否意味着那些可怕而晦暗的日子要结束了？

他的妈妈或许真的有救了！

柳嘉的眼眶有些湿润……伴随着他激动的心绪，车辆缓缓地停了下来。

"我们到了。"博古医生提醒。

柳嘉揉了揉眼睛，跟着博古医生和几位警察下了车。

他们此时已经到达深坑建筑的入口处。这是个耸立在地面之上的一层楼建筑，位于整个巨型下沉式建筑的最顶层。

他们走到入口处，来到古铜色雕花大门前，博古医生摁下了门铃。

一个温柔的女性人工智能声音从门铃下方的音孔里传来：“欢迎来到天台山综合疗养医院，请说出您的姓名和来办事宜。”

“博古。我带了一位来宾，柳嘉。”博古医生说着，回头看了一眼柳嘉。

“身份验证完毕。”女智能声音回答，“来宾请前往安检台接受眼球虹膜绿色安全码扫描，以及脑部温度识别。安检台位于大厅右侧。感谢您的配合。”

古铜色的雕花大门自动向两边敞开，一首悠扬的钢琴曲如温柔的水浪迎面而来。

博古医生穿过了大门，柳嘉紧跟在后面，惊讶得嘴巴都合不拢了。

出现在他们面前的是一个宽敞的白色大厅，这里美得就像一间高雅的艺术馆。地面是擦得光亮鉴人的深色大理石。上百盏球状云石吊灯，高高低低地从天花板上垂落下来，像满天星辰一般将大厅映照得通透明亮。

大厅中央有一座精致的喷泉，圆形的水池上方有一个悬浮的月球模型，微微发出银白色的温柔暖光。一缕缕清澈的水流从月球模型的空洞中流淌下来，发出“哗啦啦”的水声。

穿着白大褂的医务人员和助理机器人们，在大厅里穿梭忙碌着。柳嘉看了看墙壁上的挂钟，一点儿也感觉不到现在已经临近午夜。

他们有些人怀里抱着一沓厚厚的资料，有些人用智能平板

电脑边走边看病患资料，助理机器人托盘造型的手掌上摆放着各种奇怪的药剂，正各自赶往目的地。

“往这边走。”博古医生说。

柳嘉跟随医生避开穿梭的人群，来到位于大厅右侧的白色安检台前。

白色高台的后方，站着一个医生造型的女性智能机器人。如果只看它的脸部，多半会以为它是一位真正的人类女性，但除了人脸之外的其他部位，都是金属构造的。

当柳嘉走近时，机器人礼貌地微笑起来。

“两位好，请看向左边的虹膜扫描仪。”

柳嘉学着博古医生的模样，转头朝向那个放置在白色高台上的塔形金属仪器。两道柔和的红光分别扫过博古医生和柳嘉的眼睛。

“两位的虹膜健康绿码扫描已通过。现在进行脑温检测。”

机器人拿起一个造型像无顶遮阳帽的头环，递给了博古医生。

“抱歉，我没有头环吗？”柳嘉询问机器人。

“根据刚才虹膜扫描仪所显示的信息，您是幻象病毒免疫体质，不需要进行脑温检测。”机器人彬彬有礼地回答。

柳嘉噘起了嘴。

他从小就生活在各种奇怪的幻象和噩梦中。可是每次检查完，医生们都说他没有感染幻象病毒，这个机器人甚至说他是病毒的免疫体质……

这个天台山综合疗养医院虽然看起来壮观，但也许和其他的医院也没有本质的不同。

柳嘉突然感到有些担忧，这里真的能治好妈妈的病吗？

博古医生没有多说什么，他将头环戴在了头上，头环亮起了一圈绿灯。

“博古医生，您的脑温正常，健康信息已同步上传。两位可通行。”智能机器人说。

“谢谢。”

博古医生拍了拍柳嘉的肩膀，示意他跟上自己。

柳嘉的心情稍许沮丧，刚才看见银月亮时的兴奋也减弱了许多。他拖着脚步跟随博古医生走进位于大厅一侧的电梯等候厅里。

这里至少有十几部电梯，每个电梯门外都站着几个医务人员或是助理机器人，他们看见柳嘉时，纷纷投来了好奇的目光。

柳嘉和博古医生站在了编号为 N93 的电梯门口，隔壁编号为 E69 的电梯门前，站着一个不修边幅的瘦高个年轻医生，头发油腻腻地贴在头皮上，怀里抱着一个有透气孔的铁罐，里面传出一阵奇怪的声音。

“这么晚，博古医生?”年轻医生神情疲倦地打招呼。

“新病患吗?”博古医生双手搭在身前，严肃地看着铁罐子问道。

“是的。”年轻医生叹了口气，“只是些普通的飞蛾，但感染了幻象病毒后，攻击了一家制鞋厂的工人，导致六人身体麻痹。我们花了八个晚上才终于把它们全部捉住，现在送去检测幻象类型和危险等级。”

“难道不是只有人类才会感染幻象病毒吗?”柳嘉吃惊地张大了嘴。

“当然不是。”年轻医生说，“幻象病毒，也就是 HX-07 病毒的传播，是脑神经核受引力波感染变异，导致肿瘤化，然后再次变异，肿瘤成为辐射端，然后发射脑电波感染周围的生命体……呃，不过，你是谁?”

他看着满脸迷茫的柳嘉，自己也变得迷茫了起来。

“我是……”

“一位好奇心旺盛的小客人。”博古医生打断了柳嘉的话，并深深地看了他一眼。

柳嘉低下头，安静地闭上了嘴巴。

清脆的铃声响起，他们面前的电梯门打开了。

博古医生轻轻推了柳嘉一下，走进了电梯里。

电梯开始下降，慢慢地沉入了地下。

很快，柳嘉发现电梯的四壁竟然是透明的。因为当他们向下降落没多久后，一道细细的灰绿色的光便出现在了电梯底部，接着这道光芒逐渐扩大……

当电梯停下来时，柳嘉吃惊地环顾四周——他们竟然降落在了一片茂密丛林中！

第九幕 结束

ACT 10

第十幕

幻象病毒灾难

这里弥漫着灰绿色的浓雾，遍布灌木和野草，一棵棵形态怪异的高大树木，树枝蜿蜒扭曲，在半空中互相纠缠在一起。

灰绿色的浓雾中，这些树木仿若无数疯狂的妖魅，正在厮杀战斗。

“已到达地下一层。本层为幻象病毒一类病患收容层，包括感染初期病患和高度疑似病例。”大门口出现过的那个女性智能声音再次响了起来，只是她的介绍让柳嘉感觉很难与眼前的景象结合在一起。

就在这时，一阵疯狂的犬吠声传来。

柳嘉看见不远处的灌木丛中，一条拉布拉多猎犬正倒在地上抽搐翻滚，大声地惨叫狂吠。

它被一大群黑色的马蜂包围着，马蜂们正在疯狂地朝它身上叮去。

拉布拉多猎犬哀号着从地上爬了起来，在丛林中无助地逃窜。可是无论它如何挣扎、吠叫，甚至将爬满马蜂的身体撞在树干上，都毫无用处。

马蜂群紧紧地盯着它，攻击它，直到它精疲力竭地倒在了地上也不放过。

柳嘉不忍心再继续看下去了，难过地扭头，闭上了眼睛。

“这是1031号病患。它本是一条尽职尽责的导盲犬，帮助过很多人。但它上个月突然发狂，咬伤了几个路人。”博古医生叹息，“它原本要被安乐死，但我们检查出它感染了幻象病毒，所以接来这里进行救治。”

“那不是它的错，这片丛林里的马蜂群在咬它……”柳嘉难过地说，“它是在和马蜂搏斗，并不想伤人。”

“你能看见马蜂群……甚至丛林?”博古医生吃惊地问。

“我偶尔能看见一些奇怪的东西，只是没人相信……”柳嘉委屈地回答。

博古医生轻吸了一口气，他感到有些难以置信。到目前为止，还没有人能不通过仪器就看到患者所见的幻象——柳嘉是第一个。

电梯再次下降，柳嘉和博古医生缓缓沉入丛林的地底。

柳嘉万万没想到，在这片丛林之下的，竟是一座正在坍塌的城市！

他们从这座几乎变成废墟的“城市”上空缓缓降落。

这里烟尘漫天，空气变成了灰褐色。

大地在他们脚下猛烈地震动，发出巨兽般的轰鸣。

地面裂开了一条宽大的裂缝！

屹立在街道两旁的高楼大厦，在剧烈的地震中轰然倒塌，或是拦腰折断，巨大的墙体、钢筋，还有一块块砖石砸落下来……仿佛到了世界末日一般。

人们在街道上奔逃、惨叫、哭喊……犹如一群走投无路的蚂蚁。警车和救护车的鸣笛声不绝于耳，却也都爱莫能助。不少车辆被从天而降的石块砸中，引发剧烈的爆炸，火光冲天。

电梯停在了街道边，柳嘉惊恐万状地看着周围惨烈的景象。

“已到达地下二层。本层为幻象病毒二类病患收容处，包括轻度感染者和治愈恢复期患者。”

轻度……柳嘉觉得这个词此时毫无说服力。

他和博古医生才刚刚随着电梯降落在地面上，一块巨大的岩石便从天而降，砸在距离他们不足五米的地方。

柳嘉惊吓出了一头冷汗。

就在这时，一辆出租车从街道的另一头疯狂飞驰而来。出租车猛地绕过路边熊熊燃烧的报废车辆，或是惊险躲过从天而降的残垣断瓦，不时发出车轮摩擦地面的刺耳声响。

当出租车从柳嘉面前经过时，他发现风挡玻璃早已经被砸碎，司机晕倒了。车后座上有一个小女孩，正搂着洋娃娃，在母亲的怀里瑟瑟发抖……

“这位是 3752 号病人，出租车司机霍师傅。”博古医生说，“他在两个月前感染幻象病毒，导致一起连环车祸，五死四伤。”

“他想救车后座的小女孩和她的妈妈。”柳嘉望着消失在街道尽头的出租车，担忧地说，“他已经受了很重的伤……”

“那两个幻象，是他已经去世的妻子和女儿。”博古医生的声音变得低沉，“根据我们的研究，精神处于脆弱或疲倦状态的人，更容易感染幻象病毒。”

柳嘉的心紧紧地揪了起来。

他在心里咬牙切齿地痛骂——可恶的幻象病毒不仅害了他的母亲，还害了这么多无辜的人，包括易天爵的家人……就连善良无辜的小动物都不放过！只是对于这一切，他除了抱怨，什么都做不了……

柳嘉心情郁闷地叹息了一声。

电梯继续“嗖嗖”地往下降，钻进了城市的地底。

在城市地面之下的，竟是一大片厚重的灰黑色云层。

当电梯载着柳嘉和博古医生缓缓地穿过云层，一片绵延的雪山赫然出现在他眼前！

柳嘉惊叹地看着脚下这幅壮丽的景象。尤其是雪山群中最险峻的那座山峰，居然是漆黑色的，上面没有一丝生命的迹象，只有皑皑白雪覆盖在嶙峋的黑石上。

那座山峰孤高地耸立在浓云之下，它屹立在极寒的冰雾之中，傲视着周围低矮的山崖。

“已到达地下三层。本层为幻象病毒三类病患收容处，包括中度患者和病情不稳定患者。”人工智能语音说。

人工智能语音刚说完，电梯便缓缓地停在了这座险峰的山腰处。

柳嘉吃惊地看见，一个女性攀登者正独自在这座雪山上攀爬。她穿着厚重的登山服，身边没有伙伴，唯一的攀登工具是一把锋利的冰镐。

她孤独地向上攀登，前方的道路变得越来越陡峭，她只好不时地用冰镐敲碎冰块，然后用伤痕累累的双手抓紧岩石，朝着山顶艰难前行……

“她是 792 号病人，苏登峰，大学生。”博古医生说，“为了能考上研究生，她连续失眠 129 天，一直在不停地写写画画，遇到解答不出来的难题，就会用钢笔伤害周围的人。”

“这位姐姐已经一个人在这座雪山上爬了这么久……”柳嘉低头看着山腰下那一长串脚印，钦佩地惊叹着，“如果不能治好她的病，那她之前所有的辛苦岂不是都白费了？”

“的确如此。”博古医生说，“目前医护人员正在尝试用更激烈的方法对她进行治疗，希望能帮助她尽快痊愈。”

柳嘉对幻象病毒越来越痛恨了，它夺走了大家的快乐、希望、生命，甚至还有梦想。这个世界如果失去这一切，会变得多么可怕啊！

万万没想到，电梯还在继续下降。

“难道还有更严重的患者吗？”柳嘉不安地问。

“是的。只不过以你的权限，目前只能到地下四层。”博古医生说，“另外，你的妈妈崔如意，已经被送入了最高级的重症隔离病房。”

柳嘉猛地抬头望着博古医生，眼中闪烁着期望的光。

博古医生微微抬了一下手臂，想要抚摸柳嘉的头，但最终还是作罢，双手靠在了背后。

过去数十年的军旅生涯让他明白，柳嘉想要挺过接下来的艰难历练，需要的不是温柔抚慰，而是钢铁般坚强的意志。

这时，他们随着电梯穿过雪山的山脚，没入了地下。四周顿时陷入一片黑暗中。

柳嘉四下张望，发现他和博古医生正飘浮在一片深沉的夜空中。夜空星光暗淡，也没有月亮。

而在夜空之下的，是一片荒芜的墓园。一株株干瘦的树木生长于此，枯萎的树枝犹如野兽们的利爪，在半空中伸展开来。

树木下方，荒草萋萋，一座座断裂的墓碑林立在荒草间。一个骨瘦如柴的人影正穿着黑色的长袍，赤裸着双脚在墓园里行走，如同一个黑夜的魅影……

“已到达地下四层。本层为幻象病毒四类病患收容处，包括重度患者和暂时无法进行分类的特殊患者。”人工智能语音介绍。

柳嘉一点儿也不想站在这片墓园里，尤其是站在这枯瘦的人影旁边。这里阴森森的，黑暗中不时传来奇怪的动物叫声，听起来像孩童的哭喊。

更令柳嘉感到害怕的是，穿着黑长袍的人——如果他能称得上是人的话——双眼呆滞无光，僵硬的双腿迈着古怪的步伐，露在长袍外面的双手就像干瘪的枯木，柳嘉害怕得忍不住想大声尖叫！

“他、他是人吗?”柳嘉战战兢兢地问。

“他是4793号病人,王庆龙,以前是个警察。”博古医生说,“他受到重大突发性精神创伤，一直处于梦游的状态。”

王庆龙警察……柳嘉突然想起来，他好像不久前在电视新闻中看见过。

哗啦啦——

就在这时，他们头顶上方掠过一片黑影。

柳嘉抬头望去，那竟是一大群黑色的蝙蝠，正扇动着翅膀朝王庆龙的方向飞了过去！

它们全都附着在王庆龙的身上，仿佛和他黑色的长袍融合在一起……王庆龙丝毫不挣扎，只是脚步变得越来越缓慢，最后痛苦地呜咽一声倒在了地上。

柳嘉惊恐地发觉，那些蝙蝠……在攻击王庆龙警察！他突然明白，比痛苦挣扎更可怕的，是放弃生的希望。

柳嘉朝王庆龙的方向快步走过去，想要赶走那些可怕的蝙蝠——如果不立刻阻止，那位警察恐怕就没命了！

然而他刚往前走几步，身体突然重重地撞在一块透明玻璃上！柳嘉焦急地拍打玻璃，想要吓走蝙蝠。

就在这时，他看见不远处的一块墓碑上方，一只无毛猫正安静地站在那里。

这只无毛猫有着蓝色和金色的鸳鸯双瞳，望着柳嘉的目光如冰刀般凌厉。柳嘉害怕地打了个寒战，胸口前的帆船项链在

微微发烫……眨眼间，那只无毛猫又消失不见了。

“博古医生，你刚才看见墓碑上面那只无毛猫了吗?”柳嘉转头问。

“无毛猫?”博古医生皱紧了眉头，“王庆龙警察所看到的幻象中并没有猫。”

柳嘉疑惑地抓了抓头发，难道刚才他眼花了吗?

电梯继续缓缓下行，这一次并没有像之前那样很快停下来。

在电梯降落的嗡嗡声中，柳嘉回想刚才看到的一个个惊心动魄的幻象，心情越来越忐忑。

“博古医生……你们真的可以治好我妈妈吗?”柳嘉轻声地问。

按照博古医生刚才的介绍，他的母亲崔如意的病情，比王庆龙还要更加严重……他已经不敢想象，幻象病毒最终会把母亲折磨成什么样子。

“能不能治好你妈妈，要看你的选择。”博古医生神情严肃地回答，“这个世界上的能量是守恒的。想要救你妈妈的命，恐怕得有付出一切的决心。”

柳嘉似懂非懂地眨着眼睛看着他，博古医生显然不是在开玩笑。可是他要如何付出一切去换取妈妈的安全呢？

“你愿意这样做吗？”博古医生转头看着柳嘉，声音低沉地说，“如果你愿意，我就带你去见一个人，他能帮你实现心愿。”

柳嘉的眼睛一亮，用力点了点头：“我愿意！请你带我去见那个人。我要救我的妈妈！”

第十幕 结束

ACT 11

第十一幕

戚梦来博士

电梯缓缓地持续下降。

博古医生听完柳嘉的决定后，只是点了点头，没有再多说什么。

电梯停稳后，门轻轻打开，柳嘉跟着博古医生走到一条走廊上。这里的地面铺着厚厚的深蓝色地毯，走廊左侧的墙体是透明的玻璃，而在玻璃幕墙之外，是一片位于深坑底部的深蓝色湖水。

月光静静地洒在湖面上，泛着银色的粼粼波纹，美丽极了。

柳嘉感觉湖水仿佛就在他的脚边轻轻涌动，他隐约还能听见静谧轻缓的水流声。

走廊的尽头是一扇深棕色的旧木门。

博古医生轻轻叩响了门，门内传出一个机械的声音。

“请、进。”

木门自动打开，博古医生深深地凝视了柳嘉一眼，便转身离开了。

柳嘉已经明白博古医生目光的深意，接下来的一切都要靠他自己了。

他目送着博古医生离去，深吸了一口气，鼓起勇气走进了房间。

房间里安静极了，虽然刚才有人答话，但却看不到人。深邃而宁静的气氛在房间里弥漫开来。

柳嘉被这样的气氛感染，连走路都变得轻手轻脚，生怕发出过大的声响。

博古医生说过，这里是老院长的接待室，可在柳嘉看来，这里更像一个古老的图书馆。

迎面而来的是一面巨大的书架墙，上面摆放着各种厚厚的典籍。他借着昏黄的灯光读着书名。

这些破旧的书脊上全是些残缺不全，或是褪了色的文字，有些字柳嘉从没见过，他猜想荷金娜老师多半也念不出来。还有些书的书名是一个古怪的图案。

柳嘉觉得，这些书似乎在悄声议论着什么，他隐约听见有一丝若有若无的低语声……仿佛这些书正在对他这个无知的闯入者评头论足。

书架旁边的墙壁上挂着一块黑板，上面写满了复杂难懂的数学公式。不仅如此，玻璃陈列柜里那些金灿灿的奖杯，一张环形桌上摆放着的航天器模型……无不令柳嘉目不暇接、流连忘返。

这时，柳嘉感觉到胸前的帆船项链突然发烫！

他朝一旁转过头去，看见房间角落里有一扇不起眼的窄小木门。

雕花的门框看上去已经朽坏了，仿佛随时都会断裂脱落，就连门板都已经被卸下。门框上，一块破破烂烂的灰色布帘子在轻轻地飘动着，尽管空气里并没有一丝风。

柳嘉听到了动静，布帘的另一边似有喃喃低语声传来。他脚步轻缓地走了过去，好奇地轻轻掀起布帘。原本只打算偷偷地朝里看一眼，可布帘后的景象让他惊讶极了。最终，他按捺不住好奇心，穿过门框走了进去。

布帘后是一个窄小的房间，有点儿像一家二手古董店，处处散发着古老、陈旧的气息。

四周靠墙处堆满了各种纹理漂亮的木质家具，桌面上、玻璃橱柜里，各种金属旧物摆得满满当当，还发出各种细微的“咔嚓”“叮叮”的声音。

这时，一个非常低沉的声音像潮水般一阵阵地涌向柳嘉的耳畔，仿佛多年未见的老友在激动地打着招呼。柳嘉困惑地到处看着，最后目光落在一个高大的人形衣架上。

这个衣架被放置在不起眼的角落里，它穿着笔挺的黑色长外套，深褐色的牛皮单边护肩被擦得锃亮。

一顶墨蓝色镶金边的大盖帽上，挂着一个圆形海鸥徽章，旁边还有各种奇怪的金属仪器。一柄巨大的铜剑挂在旁边，剑柄上有一大一小两个转盘，显示的时钟刻度大小不一，四根指针正由着性子到处乱转。

很快，柳嘉的视线被旁边的一个玻璃柜吸引了过去。

一双机械手套正悬浮在玻璃柜里，缓缓地旋转着。

机械手套左手是黑色，右手是金色，看上去像是用皮革和某种特殊金属制成的，上面有许多精密的罗盘和细小的器具，做工精致极了。

柳嘉走上前去，几乎将整张脸都贴在了玻璃柜上，想看得更仔细些。

突然，一个声音把他吓得魂魄几乎都飞到了天花板上。

“先、生，秀琳、给、您、请、安。”

声音听起来有点儿不高兴。

柳嘉转过头，发现一个个头差不多到他肚子处的机械人偶正端着一个茶水托盘站在他的旁边。木偶画着戏曲浓妆，穿着红色旗袍，头上戴着大红花旗头，背上一个锈迹斑斑的小铁皮筒正“滋滋”地往外冒着蒸汽。

“您、喝、龙、井、茶、吗？”机械木偶秀琳问。

它每说一个字，用木头拼接的下巴便会发出“咔嗒咔嗒”的声音。

“呃——好的，谢谢。”柳嘉尴尬地回答，回想起最初应门的声音，好像就是它发出的。

亮晶晶
咔嚓咔嚓

“您、请、这、边、坐。”

秀琳转身朝房间中央的一组深棕色羊皮沙发的方向滑行，它脚下的两个木轮转得飞快。

柳嘉惊奇地跟着秀琳，慢慢来到沙发边坐下，身体像忽然陷进了一团棉花里。

秀琳机械地给柳嘉倒了半杯淡绿色的茶水。

柳嘉注意到秀琳的茶托里还有一只细长的灰白色海螺。

“奏、乐！”

柳嘉刚喝了一小口茶，秀琳突然大叫，吓得他直咳嗽，赶紧用秀琳递来的纸巾擦干净嘴巴。

音乐传来，柳嘉转过头惊讶地发现，在沙发旁边的木架上有三个和秀琳打扮相似的木偶正在敲敲打打——左边那个在拨箜篌，中间的在吹排箫，右边的在弹柳琴，它们身后的铁皮筒不停地喷着蒸汽。

“变、形！”

秀琳说完，木偶们的身体向两侧展开，悄悄伸出两只灵巧的金属手臂，叮叮咚咚地跳起舞来。虽然它们的舞姿并不十分优美，可是柳嘉仍然觉得有趣极了。

他伸出手，想要摸一摸这些木偶的头，结果被木架上正在敲扬琴的金属手臂用力地拍中了手背，疼得他嗷嗷直叫唤。

“吱——”

沙发斜对面，一个破破烂烂的碗柜门突然被推开，一位白发苍苍的老人从里面走了出来。他的身材异常高大，挺拔的身姿让人无法和他那苍老的容貌联系在一起。

他身后还跟着一个穿着深红色牛角扣呢外套的女孩——竟然是戚梦萦！

正疼得发抖的柳嘉目瞪口呆地看着他们，下巴发出像秀琳一样“咔嗒咔嗒”的声音。

“这件事情没那么简单……”

老人正说着，突然看见了像石像一样僵硬地坐在沙发上颤抖的柳嘉。短暂的惊讶后，老人那苍老的脸上露出了一丝和蔼的微笑。

“孩子，你终于来了。”老人缓缓地说。

柳嘉困惑地看了看戚梦萦，又看了看陌生的老人……戚梦萦表情淡漠地朝柳嘉点点头，然后在他身边缓缓坐下，似乎对他此刻出现在这里一点儿都不意外。

老人从秀琳手中的茶托上拿起了那只长海螺，轻轻挥了一下，机械木偶们的演奏立刻停了。

“我是这里的院长——戚梦来。你可以称呼我老院长，或是戚爷爷，都行。”老人边说着话，边走到沙发对面的写字台后坐了下来。

“您、您好……我是、是柳嘉。”柳嘉局促地拢了拢膝盖。

“抱歉，让你久等了。博古告诉我的时候，我正在开会，你知道，大人们总是有许多事情要忙……”

柳嘉瞟了一眼碗柜，猜想着是不是还会有几个人从里面走出来。

老人轻轻地笑了，吸了一口海螺，从海螺口飘出的一团银色烟雾在他的面前缭绕。老人的脸轮廓分明，皱纹就像刀刻一般。高耸的眉峰下，目光锐利如鹰。满头白发蓬乱地披散着盖住了肩膀，花白的胡子将耳鬓与头发连成了一片，杂乱无章地一直垂落到胸口。

“我不在的时间，秀琳替我好好招待你了吗？”老人问。

柳嘉机械地点点头，秀琳给他添了一点儿茶。

“它们，是机器人吗？”看着秀琳滑行的背影，柳嘉忍不住问道。

“不完全是，机器只能感应，而它们都有属于自己的情感。”老人的声音仿若蹚过了漫长时间之河的沙砾。

柳嘉困惑地看向旁边的戚梦萦，正好遇上她的目光，柳嘉就像被火烫了一样，赶紧低下了头。

老院长笑了：“哦，忘了告诉你，你的新同学戚梦萦，是我唯一的外孙女。”

柳嘉的嘴巴张得更大了，目光不停地在戚梦萦和老院长之间徘徊。

戚梦萦冷冷地看着柳嘉：“很奇怪吗？”

柳嘉赶紧死命地摇头。

戚梦来院长喝了一口茶，用灰黑深邃的眼眸看着柳嘉。

“你的情况我已经了解。你想救你的妈妈，对吗？”

柳嘉愣了一下，然后坚定地点点头。

“可是孩子，你可知道，这个世界上的能量是守恒的。你如果想实现一个心愿，就需要付出相应的代价。”

戚梦来院长的身体开始前倾，目光锐利地向柳嘉逼近，沙哑的声音仿佛带有魔力一般，让柳嘉的头脑变得昏昏沉沉的，海螺的银烟缭绕，柳嘉陷入了眩晕之中……

他眼前的景象开始变得模糊……

紧接着，模糊的景象竟然化成了熊熊烈焰，在他的周围猛烈地燃烧。

柳嘉缓步后退想要逃跑，然而他的身后也被火焰阻断了去路。更让他感到窒息的是，母亲崔如意竟然就躺在旁边，靠着一块小岩石陷入了昏睡。

“妈妈！妈妈！”

柳嘉用力地摇动着母亲的肩膀，想要将她唤醒。可是，昏睡的母亲没有丝毫反应，而且呼吸变得越来越微弱了，眉头痛苦地拧在一起。

柳嘉绝望地看着包围住他和母亲的熊熊火海，发觉火海中有一条窄小的过道还没有被大火吞噬——那也是他们唯一的生存希望。

柳嘉突然用力咬紧牙关，用尽全身力气将母亲从地上扶起来，然后背在他瘦小的背上。

“妈妈——不管你遇到什么危险，我都要保护你！我带你出去！”他说完，背着母亲，艰难地一步步走向烟雾缭绕的熊熊烈火中！

呼——

一阵风吹过，漫天大火就像被吹灭的烛火，忽然消失不见了。

柳嘉吃惊地睁大眼睛，发觉自己仍然坐在沙发上。

戚梦来院长正笑容和蔼地看着他。戚梦萦的手中多了一把精致的绣花蒲扇，正轻轻地扇着风。

柳嘉紧张得直喘气，额前被冷汗浸湿的发丝，随着戚梦萦用蒲扇扇动的风轻轻地飘动着。他感觉到刚才在幻觉中刮起的风，好像也是这把扇子带来的。

“柳嘉，好孩子。”戚梦来院长感慨地叹了一口气，微笑着说道，“首先我要告诉你，你的妈妈还有救。”

柳嘉擦了一下额头的汗，欣喜地睁大眼睛。

“不过……”戚梦来院长缓缓地吐出一团白烟，“能不能救她，还是要看你能否坚持自己的选择。”

柳嘉困惑地眨着眼睛：“我的选择当然是……”

“我知道，孩子。我刚才已经看到了你的决心。”

戚梦来院长目光深邃地望着柳嘉："只是……在你做决定之前，还有更多的真相，我要让你知晓……"

柳嘉惊讶地瞪大了眼睛。

第十一幕 结束

ACT 12

第十二幕

超感亚音城

柳嘉在老院长安排的一间小客房里休息了一晚。

他已经很久没有睡过这么安稳的觉了，整整一晚上他都没有做梦，早晨没有各种嘈杂的声响吵醒他，也没有闹钟催着他起床去学校。

对了，学校！柳嘉突然清醒过来，猛地从床上坐起。眼前是一间非常简洁舒适的房间，清澈的晨光浅浅地洒在洁白的窗纱上，窗外传来小鸟欢快的鸣叫声。

这一切都是真实的，不是幻象……柳嘉对此竟然有些不习惯。

他喝完送餐机器人送来的牛奶，戚梦萦便来找他了。

他们一同穿过客房外的廊道，清新的风轻轻吹拂过，戚梦萦的长发随风飘起，闪耀着丝缕微光，冰雪冷香在空气中悄悄绽放。

一大早就能见到戚梦萦，柳嘉感觉像在做梦一样。

“已经向云老师请假了。”戚梦萦淡淡地说。

“好的，谢谢你……”柳嘉紧张地回答，脸颊微微发烫。

没过多久，他们再次来到老院长的接待室，大门敞开着。柳嘉走进去时，老院长正在调试一些奇怪的古旧仪器。

其中最奇怪的，莫过于一组用破铜烂铁组装成的古旧机器，就像是一堆等待被回收的废品。

这组机器几乎和柳嘉一般高，被放在一张轮椅上。一个生锈的立式台灯罩像顶帽子一样，在上方摇摇晃晃地悬挂着。

机器的中央是一台年纪可能比老院长还大的黄铜手机，机身锈迹斑斑，屏幕的一角还碎裂了。手机的左边连着手摇唱机和有着闪光灯罩的老式相机，右边则连着一台打字机和一台小型黑白电视机。

老院长在手机上摁了几个数字键，轮椅后突然响起“丁零当啷”的声音，手机“滋滋”地冒出了白色蒸汽。接着，这组机器上的灯全亮了，手机屏幕上竟出现了一张戴斗篷的兔子女士的脸。

“请问您有什么需要吗？”手摇唱机里响起的细小甜腻的女声，让柳嘉吓了一跳。他发现打字机开始自动敲击键盘记录起来，黑白电视画面上的字幕切换成“梅林法师冥想的秘密”。

看到字幕出现，戚梦来院长热情地向手机打招呼。

“噢！你好啊，老友，好久不见。”

“嗯。六十年时间，这不算短啦……听说你病了？”兔子女士撇撇嘴，“邪恶梦魇依然强大，靖海联盟的领袖却倒下了……”

兔子女士突然神经质地抽泣起来，唱机里传出揩鼻涕的杂音，电视机里的字幕也变成了“月矽采掘坐标索引”。

“正在恢复，也许过不了多久，就能来看你了……”戚梦来院长安慰她，“我们的牌局永不结束。”

“一言为定。”兔子女士破涕为笑，电视机播放起“深海蓝藻延缓衰老剂提炼方法”。

“这……是搞怪动画片吗？”柳嘉瞪大眼睛问。

戚梦来院长讳莫如深地笑了笑。

戚梦萦一脸鄙视地瞟了柳嘉一眼：“安静。”

“老友，今天我想带这两个孩子去永眠墓地。”戚梦来院长欠身向兔子女士介绍柳嘉和戚梦萦。

“一转眼，你已经攻克了魔法影像技术。你的地下基地都修建好了吗？”兔子女士饶有兴致地问。

“不，还需要很多的时间。魔法影像的完善，需要使用成熟的空间折叠科技，不同于幻象，那只是人脑的潜意识。”戚梦来院长耐心地解释。

“愿梦境之龙为此赐福！”兔子女士不动声色地扫了柳嘉和戚梦萦一眼，“孩子们的血统，不是问题，只是……”

戚梦来院长像是预测到了什么，郁闷地叹了一口气。

“天佑勇者，圣洁之焰薪火相传……”兔子女士悠悠地说。

电视上的字幕开始变化——“传输缓慢，灵符跃迁终止。”

这时打字机发出“嘶嘶”声，轮椅上的一条机械手臂从打字机里抽出一张纸，递给了戚梦来院长。

当院长看完纸上的内容后，这张纸渐渐在空气中化为灰烬。

柳嘉看了戚梦萦一眼，被这神奇的一幕震惊了！

“吱吱——第 1005 次梦域通信结束。”

照相机对准老院长“咔嚓咔嚓”地响了两声，然后是一阵电子音：“非锁定人员靠近！危险！非锁定人员靠近！”

“砰——”房间角落里，一个食品柜的门突然弹开了。

柳嘉这一次没有被吓一跳，被幻象折磨得筋疲力尽的他，也算是见过世面的人，对于这种突然冒出来的奇怪暗门，并不会感到过于惊奇。

只不过，他这份奇怪的自信很快就消失了。自从他跟着戚梦萦和戚梦来院长走进食品柜的那一刻起，柳嘉才意识到，自己所看到的那些幻象，以及在梦中去过的奇怪地方，根本不足为奇！

房间里的电子音仍在尽职地不停重复：“非锁定人员靠近！危险——”

走进食品柜门后，灯光突然亮起，柳嘉发现他们竟然正站在一个圆形的电梯里！

天花板和地板都是合金材料制成的，周围是一圈发出金色光芒的透明玻璃，明亮、温暖，却不刺眼。

柳嘉就像准备去梦游仙境的兔子，好奇地东张西望。

这时，在戚梦来院长面前的玻璃上出现了几排蓝色和红色相间的字迹。

“院长先生，很高兴见到您。”一个彬彬有礼的男声突然出现。

“你好，艾力。”戚梦来院长回答。

“我们首先到基地三层，金霹雳先生在等候您。”

“可怜的金霹雳，上次的爆炸事件已经过去了很长一段时间，希望他的心情能好些。”戚梦来院长皱起了眉头。

“是的，院长先生，金霹雳先生这两天把他的胡子重新织成了辫子，我想他已经好多了。”

这一番对话，让柳嘉如坠云雾之中。但旁边的戚梦萦却非常淡定，看来早已习以为常。

电梯开始沿着一条黑暗的地下通道快速向下移动，柳嘉感觉到耳膜有些胀疼。没过多久，电梯冲出了黑暗，柳嘉的眼前瞬间变得亮堂起来！

在电梯的玻璃幕墙外，出现了一个巨大的圆柱形空间，而电梯的通道就像一道长长的金色光柱，位于这个空间的中央。

让柳嘉倍感震惊的是，这个空间竟然是一座投影城市，立体影像中的高楼密密麻麻地林立着，街道上灯火通明，光洁的路面像一条条瀑布垂落而下，电梯的金色光芒像太阳一样照耀着周围黑暗中的城市建筑群——这场景震撼极了！

“欢迎各位来到亚音城。”艾力轻快地说，“由于柳嘉先生没有使用亚音城正式通道的权限，目前我们只能走观光路线。”

柳嘉趴在玻璃上看着周围的一切——无数的高楼、广场、雕像、公园……似真似幻的影像正在他面前一一晃过，他已经震惊得完全说不出话来了。

“现在下降的速度是 0.4 马赫，请问各位有不适感吗？”当两架外形像回旋镖的飞机从他们旁边往下飞去时，艾力礼貌地询问。

“我很好。”戚梦来院长微笑着回答。

“这是什么地方？巨型幻象城市吗？”柳嘉喃喃地说。

“亚音城，魔法影像科学的地下圣殿。”戚梦萦冷冷地说。

“也是龙巢基地的重要组成部分。”艾力回答。

“龙巢基地？”柳嘉喃喃地问。

“龙巢基地是世界四大秘密基地之一，重点研发世界上最先进的魔法影像、生物技术以及航天科技……”

“但这里不是医院吗？”柳嘉突然有点儿佩服自己，竟然还记得自己究竟在哪里。

“地表上的建筑确实是——我的孩子。”戚梦来院长回答。

“那您也不是医生了？”柳嘉忽然紧张起来。

“戚梦来院长是世界生命科学院传奇级科学家，三十二年前

受邀回国研究超时空引力波共振技术，目前是龙巢基地三十二位院长之一。”艾力解释。

柳嘉的脑袋晕乎乎的，他很想知道，这一切和救他母亲究竟有什么关系。

“别着急，孩子。”戚梦来院长目光深邃，“我会慢慢地解释清楚。”

电梯停在了正在建设的魔法影像都市——亚音城中一个巨大的半球形钢铁建筑前。这座建筑像绽放的花朵般向外打开了，一条宽大的铁索桥从建筑里哗啦啦地伸展出来，连接到电梯时，透明玻璃上突然出现了一扇门。

“龙巢基地三层，‘时空裂隙站’到了。”电梯间里的空灵男声艾力说，“在您的访问结束之前，我会在这里等候各位。”

“谢谢你，艾力。”戚梦来院长踏上了电梯门外的铁索桥。

“艾力，我们还会再见面吗？”柳嘉有点儿依依不舍地问，他非常喜欢这个温文尔雅的人工智能机器人。

“当然，柳嘉先生。”艾力回答，“我们很快就会再见面。”

“以后你会有自己的人工智能机器人，如果你实力足够的话。”戚梦萦站在电梯外，声音波澜不惊地催促，“该走了。”

柳嘉点点头，赶紧跟着戚梦萦走上了铁索桥。

一路上，柳嘉好奇地张望着亚音城的上空，那是一片渺茫的黑暗。他听见了一种奇怪的声音，像风，又像海浪。当他低头往桥下望去时，突然感觉到一阵眩晕，双腿变成了两根软绵绵的面条——桥下是深不见底的深渊！

“孩子，别一个人站在那里。”

戚梦来洪亮的声音让柳嘉一下子回过神来，他发现戚梦来院长和戚梦萦已经走到铁索桥尽头的一扇巍峨大门前了。

那是一扇足足有三层楼高的圆形铁门。悬挂于门框顶上的黑铁头像正凝视着门口的三位来访者。它看起来像位来自远古战场的威武大将军，头戴厚重的铁盔，目光如炬的双眼闪烁着蓝光，飘逸的长须令他显得更加威风凛凛。

“**请——说出——973号——口——令——**”黑铁头像的声音就像在沙地上拖曳的巨石。

“阿嚏——”柳嘉突然打了个喷嚏。

“**口令——错误——**”黑铁头像的眼睛闪起了红光，“嘟嘟”的刺耳警报声在亚音城里回响。

戚梦萦赶紧冲上前，在门旁高悬的宝剑阵中用力拽了一把。

“**紧急制动启动。警——报——解除——**”警报消除了，黑铁头像的双眼重新变回蓝色。戚梦来院长走到门边，经过虹膜验证后，笨重的铁门终于向上抬起，几十道蓝色光柱像栅栏般

那是黑铁卫。
咔嗒！
'它镇守的这扇铁门叫'西阳关'。
啊！
跟我来，孩子们。

阻挡在他们面前。

“跟我来，孩子们。”

戚梦来院长说完，向前穿过了光柱栅栏。

“抱歉……”柳嘉满脸通红地揉了揉鼻子，“我没想到铁门上的那个黑铁头像居然……”

“那是黑铁卫，它镇守的这扇铁门叫‘西阳关’。”戚梦萦抬头仰望着黑铁头像，仿佛陷入了悠远的回忆般轻声叹息，“西出阳关无故人。关隘的那一边不似人间。”她说着，步伐轻盈地朝前走去。

柳嘉也快步跟了过去。

他没听懂戚梦萦的叹息，不过门后的景象却着实让他再度震惊得合不拢嘴——竟然是一个宽敞却古旧的地铁站台！

第十二幕 结束

ACT 13

第十三幕

时空裂隙站

柳嘉已经不再认为，自己见过的那些幻象有多么令人惊奇了。因为从他进入亚音城开始，出现在他眼前的一切无不让他感到震撼。

如今在他面前的这个站台，也是如此。

站台是用钢铁和木头建成的，可以并排停下数百列轨道列车，厚厚的钢铁天花板上布满了巨大的螺丝钉，像大型手电筒般的吊灯整齐地挂满了天花板，但车站里的光线依然幽暗。

站台中央的轨道上停着一列巨大的列车。列车只有一节车厢，车身涂着银白色的金属漆，上半部分是透明玻璃，用环形的合金骨架支撑起来；尾部有一对巨大的银色翅膀，让人感觉这列车好像随时都会飞走。

上千名工作人员穿着沾满机油的土黄色工作服，戴着黑乎乎的手套，在列车旁高耸的钢架上忙碌着，发出“咚咚”“哐哐”的巨响。

“还需要补充更多的能源——发动机不能正常运转！”

“小心，这个特制的隔板如果断裂，重做得等一年！”

“时间等于生命，朋友们，加紧干活！”

“孩子们，我过去和金霹雳先生说几句话，就一小会儿。也许你们可以留在这里参观。”戚梦来院长在嘈杂的声响中吃力地大声说，“不要到处乱跑——虽然这里的工作人员都接到了你们到访的通知，但我想他们不见得有心情为你们解答疑问。”

“我也想去看望金霹雳先生。”戚梦萦尽可能提高音量。

“我想留下来参观站台！”柳嘉恳求地高高举起了一只手。

“好吧，柳嘉，我们很快就会回来。”戚梦来院长点点头，“不过，你可别给那些工作人员添麻烦。”

柳嘉用力点头。

戚梦来院长带着戚梦萦坐上了一辆悬挂式摆渡车，快速离开了。

柳嘉很庆幸自己没有坐上那辆车——因为摆渡车的车速快得要命，而且在不远处还有一个几乎呈90°角的陡坡，柳嘉隐约听见了戚梦萦压抑的尖叫。

柳嘉激动地一边沿着地铁站台往前走，一边东张西望。

这个站台的名字非常奇怪，叫“时空裂隙站”，每隔五十米便有一根粗重的黑铁柱，上面挂着显示不同国家甚至不同星球时间的古铜大钟。在距离银色列车头不远的地方，还有一个黑铁制成的时钟雕像，下面刻着几排字——

回不到过去
到不了未来
驻足在时间的裂隙
生存于未知的现在

“别杵在这里碍事，小子！”

柳嘉根本没有办法好好思索这几行字的意思，周围的工作人员像是故意将他赶来赶去，用眼神责备他的无所事事。

柳嘉郁闷地嘟起了嘴，如果非要让他做点儿事，大概只能帮忙抓站台上的耗子——如果有的话。

“轰隆——”巨型铁门再次被打开了，一位老人带着一个小男孩走进地铁站台。

那位老人面容消瘦，神情冷峻，穿着笔挺修身的黑西装，系着黑领带，一头如云般飘逸的白发被编成了一根辫子，搭在左侧肩膀上。

他锐利的目光朝柳嘉直射过来时，柳嘉瞬间感觉像掉进了冰窟窿里，寒气从脚后跟蹿上来。

“罗飞院长……”一位体形彪悍的工作人员飞快地经过柳嘉身边，朝老人跑了过去，低声说了些什么。

罗飞院长听完后，似乎因此而大发脾气，在钢铁的敲击声中，柳嘉隐隐约约地听见他在大喊“拒绝”“白痴”“怎敢”这样一些零零碎碎的词句。

看到彪形大汉不停地点头哈腰，柳嘉对他很是同情。

突然，柳嘉注意到，站在罗飞院长身边的男孩正在注视着自己。

他和自己年纪相仿，浅金色的头发，红蓝色格子衬衫，外面套着浅灰色圆领毛衣，看上去精致整洁。他的眼神盛气凌人，浑身散发着桀骜不驯的气息，就像缩小版的罗飞院长。

过了好一会儿，罗飞院长的咆哮才停了下来，他和彪形大汉往旁边匆匆走远了。离开前男孩和罗飞院长说了几句话，留了下来。

柳嘉并不太想和这个男孩搭话，可他却径直朝柳嘉走过来。

“你——”柳嘉出于礼貌打招呼，却被打断了。

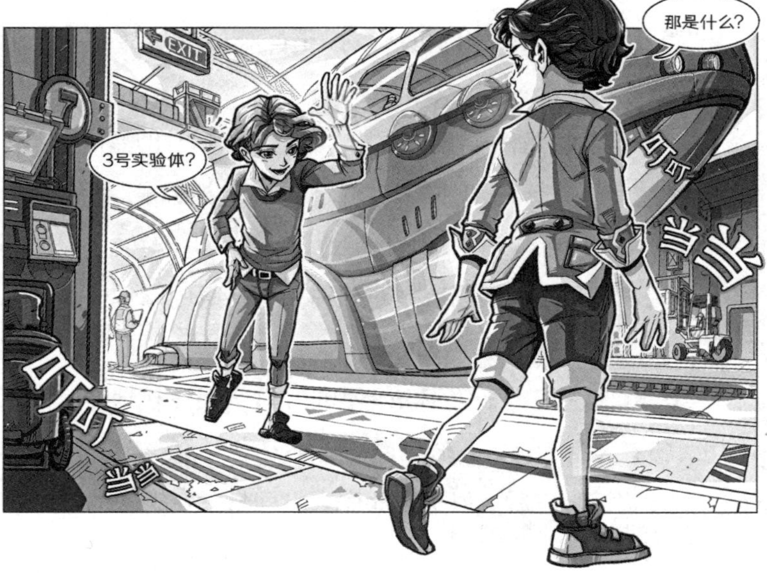

“3号实验体?”男孩用蓝灰色的眼睛傲慢地打量着柳嘉，上扬的语调让柳嘉很不舒服。

“3号实验体?”柳嘉疑惑地稍稍歪着头，“那是什么?”

“看来你第一次来。”男孩冷笑着耸了耸肩膀，对柳嘉的无知很是轻鄙。

“第一次。”柳嘉承认，“难道你不是……”

“我常来。”男孩高傲地打断了柳嘉，“这里没什么可看的，这些傻乎乎的蠢蛋，到现在还不能让‘时光号’动起来。”

“时光号?”柳嘉困惑地问。

“就是那个。”男孩不屑地用下巴指了一下那个银色列车头，“靠这些蠢蛋，‘时光号’永远都没办法穿梭时空。”

“我不认为他们蠢。”柳嘉认真地说，“要尊重努力劳动的人。”

这是柳真夜曾经教导柳嘉的话。

“呵——”男孩就像听见了冷笑话，嘲讽地笑了一声，“以你的智商，实验体编号竟然在我前面。我这么聪明的头脑，都想不出原因。”

柳嘉不高兴地皱起了眉头，完全听不懂男孩在说些什么。

“想干点儿有趣的事情吗?”男孩坏笑着问。

“没什么兴趣。”柳嘉毫不示弱地说，他很不喜欢这个男孩的态度。

男孩冷哼了一声，走到旁边的一根黑铁柱前。

“知道这是什么吗?”他指着柱子上的小玻璃罩，那里面有一个红色按钮。

“我说过我是第一次来。”柳嘉真的生气了。

“警报器，”男孩冷哼，“红色是一级……”

“那又怎么样？”柳嘉很高兴自己打断了男孩的喋喋不休，再有一次他们就扯平了。

男孩翘起一边嘴角，眼睛里闪烁着小恶魔般的光。

在柳嘉震惊的目光中，他毫不犹豫地揭开了玻璃罩，按下了红色按钮。

“**嘟嘟——嘟嘟——红色警报——红色警报——时空裂隙站——红色警报——**”

一瞬间，地铁站台全乱了套，刺耳的警报声在站台里不断回响，那些手电筒吊灯疯了一般在天花板上拼命地乱摇，让站台的光线忽明忽暗。

上千名工作人员惊慌失措地叫喊着，有的在紧急疏散，有的在询问警报原因。

柳嘉瞠目结舌地看着这一切，而那个男孩却像刚才只是按了电灯开关一般，轻松地耸了耸肩，径直朝银色的“时光号”走去。

“不跟来看看吗？”半路上他转过头，轻蔑地看向柳嘉。

柳嘉握紧拳头，火冒三丈地跟了过去。也许等会儿他将被戚梦来院长臭骂一顿，但也比承受这个男孩对他轻视的态度要好得多！

趁着站台大乱，男孩和柳嘉溜进了“时光号”。也许是因为还在修理，舱室里混乱不堪，无数根电线和线路板无序地吊在半空中，列车驾驶室中有一个大型操控台，上面大大小小的按钮有上百个。

“这些按钮有什么用？”柳嘉惊讶地看着那些按钮，拼命忍住想全部按一遍的冲动。

“试试不就知道了。”

男孩满不在乎地按下了最大的绿色按钮。“嗡”的巨响声中，“时光号”的车门猛地关闭了，密闭的车厢剧烈震动起来。

“‘时光号’已启动，需要时间指令。”一个机械声音传出。

柳嘉的大脑完全混乱了，却又感到压抑不住的兴奋。

“什么是时间指令?”

“多半是又要按几个键。”男孩语调轻松。

这一次，柳嘉不想再错过机会了，他伸出手指，小心翼翼地按下了一个他觉得最顺眼的红色按钮，但“时光号”没有反应。

“胆小鬼。”男孩冷笑一声，像弹钢琴一样在操控台上敲打起来，就像这是他的一台游戏机。

这时车厢震动得更加剧烈了，男孩几乎没有办法站稳脚，柳嘉直接摔倒在了地板上。

“时间指令，前往平行宇宙编号 1320 : 史前 10000 年——”

“目的地 : 冰渊峡谷——能源不足——发动机故障——”

“红色警报——危险——危险——爆炸倒计时——”

机械的声音每说一句话，车厢便震动得更剧烈，红色的警报灯疯狂地闪烁着，爆炸倒计时让柳嘉的脑子嗡嗡作响。

“爆炸？它是在开玩笑吗？！”柳嘉惊恐地问。

“我觉得它说得挺真诚。”男孩坐在地上似笑非笑地说。

柳嘉觉得他一定是疯了，这个时候竟然还能淡定地开玩笑。

“20——19——18——17——”

在柳嘉的尖叫声中，“时光号”开始进入爆炸倒计时。男孩

爆炸？
啥呀
它说得挺真诚。
你想按按钮吗？
别问了！
快按——

用手指堵住耳朵，吃惊地看着柳嘉，就像之前柳嘉惊讶地看着他一样。

忽然，男孩的目光落在了柳嘉前方的一个红色盒子上。他在晃动中勉强站起身，走到盒子边，不屑地笑了笑。

“闭嘴，别叫了，不用死了。”

柳嘉目瞪口呆地看着男孩，不明白他的意思。

“这里有警报解除器，不过想让它派上用场，得我出马才行。”一秒钟不到，男孩输入了密码，警报解除器可以启用了。

“你想按按钮吗？”男孩指着警报解除器，得意地看着柳嘉。

而这时爆炸倒计时仍在继续。

“6——5——4——”

“别问了！快按——”柳嘉激动地大叫，他一脚踩到了自己松开的鞋带，身体忽然往前倒了下去，额头重重地撞在了警报解除器的按钮上——警报解除了。

“咻——”男孩吹了个口哨，“这个头槌很精彩。”

就在这时，车厢门突然打开，倒计时停了下来，机械警报的声音抽搐着不停地数着“2、2、2、2……”听上去就像是对他们的嘲笑。

刚才被罗飞院长训斥的大汉，还站在车门外，粗糙的脸像石灰一样惨白。他的身后还站着戚梦来院长、戚梦萦和罗飞院长。他们也都面无血色，像刚从土堆里爬出来似的。

而在他们身后，站台上的工作人员正飞快地围过来，交头接耳地议论着。

“你们两个——混蛋！”大汉愤怒地大吼着，声音比刚才的“时光号”抖得还要厉害，“你们知道自己在做什么吗？！你们和‘时光号’都差点儿被炸成了灰！这可不是在开玩笑！”

“好了，胡子白，罗西一定不是故意的，多半是有人唆使。”罗飞院长冷冷地看着柳嘉。

柳嘉还没有从惊吓中回过神，完全没有听见周围在说什么。

“事情没有弄清楚前，先别下定论，罗飞。”戚梦来院长声音低沉地说，“还好是虚惊一场。让孩子们出来吧，他们吓坏了。”

彪形大汉胡子白和另外两个工作人员赶紧把柳嘉和男孩扶下了列车。男孩嫌恶地推开工作人员的手，走到了罗飞院长的身边。

“罗西，我们需要好好谈谈今天的事情。”罗飞院长严肃地低声说完，转身便离开了“时光号”，围观的人群赶紧给他让出一条道。

男孩罗西望着一头冷汗的柳嘉，充满挑衅地微微一笑。

“我很期待，在试炼时见到你。”说完，男孩便跟在罗飞院长身后快步离开了。

柳嘉捂着额头上被警报解除器撞出的大包，失魂落魄地喃喃自语：“什么？我可不想再见到你……”

第十三幕 结束

ACT 14

第十四幕

启源·狩梦计划

走出“时空裂隙站”，穿过铁索桥，再次回到了电梯内……这一路上，柳嘉都低着头，一句话都不敢说。

当他站在下降的电梯里时，就像只沉默的羔羊。

戚梦萦埋怨地瞥了他一眼，想说些什么，最终却什么也没有说。

柳嘉能感觉到她在生气，而且是非常生气。

戚梦来院长并没有指责柳嘉，只是淡淡地说：“遇事要三思而后行。”

柳嘉内疚地点点头，就连十几个比摩天大楼还高的机械水蚊子从亚音城的巨大湖泊上飞过时，他都没敢抬起头兴致勃勃地多看几眼。

下降的电梯在亚音城内一座巨大的花园前停了下来，从电梯里看过去，这个花园就像是一幅立体壁画，被淡紫色的透明发光遮罩与周围隔离开来。

“龙巢基地第五层——DNA 生态穹顶到了。”艾力说。

这时，巨大的花园突然分裂成了很多小方格，像拼图一样上下左右移动着，没过多久，一段长长的木桥从中央的一个方形洞口延伸了出来。

电梯门打开，戚梦来院长严肃地看了一眼柳嘉和戚梦萦：“孩子们，待会儿我会带你们去永眠墓地。至于现在，你们先留在电梯里，等我回来。相信艾力会照顾好你们。”

“这是我的荣幸。”电梯里的空灵男声艾力回答道。

在戚梦萦抗议的眼神和柳嘉失望的目光中，老院长转身离开了电梯。

电梯门再次关闭，戚梦萦失望地长叹了口气，再次冷冷地瞪了一眼柳嘉。

“对不起……”柳嘉喃喃地说。他懊恼极了，因为他刚才的举动，让戚梦萦也失去了去参观亚音城的机会。

“不需要道歉。”戚梦萦转头看着电梯外，目光幽冷，“道歉和后悔都不能改变事情的结果，所以没有任何意义。”

柳嘉不知道还能说什么，难过地轻轻抿紧嘴唇。

“戚梦萦同学——柳嘉同学——”艾力打断了戚梦萦和柳嘉之间的紧张气氛，“等待戚梦来院长的这段时间，请允许我简单地向两位介绍龙巢基地的基本情况。”

柳嘉抬起头，感激地看着玻璃上那几行不断变换的、红蓝相间的奇怪字迹，把它想象成艾力的脸。

“谢谢你，艾力。”戚梦萦认真地说，看来她的心情稍稍好了些。

“好的，戚梦萦同学。”艾力回答。

这时，电梯间的透明玻璃突然变成了环形的电子显示屏，上面出现一群戴着安全帽、穿着白大褂的科学家，他们在一个巨大的坑洞旁探查。

“1968 年，我国的一支科研队伍在米兰市郊发现了史前巨坑，几位科学家大胆地提出建设地底城市的设想。”

艾力话音刚落，画面变成了十几位科学家在一张宽大的图纸旁争论的情形，其中有位科学家和戚梦来院长像极了，只不过没有胡子，头发乌黑浓密。

“经过三十二年的努力，龙巢基地于 2000 年完成了初步规划，共分成十三大区域，完全建成预计在 2126 年。”

环状的屏幕分成了十三个部分，分别演示十三大区域的设计规划。

柳嘉只来得及看清楚一个地铁站——那是他刚刚去过的时空裂隙站，还有一片茂密的原始丛林、一片混乱的战场，以及一个巨大的机器人，屏幕的画面又改变了……

“永眠墓地位于龙巢基地第十一区，主要研究人类的精神领域。戚梦来院长是这里的第三任负责人。”

屏幕里出现了一张戚梦来院长的照片，在他旁边还有另外两

位科学家的照片，一位看起来比戚梦来院长还要苍老，牙齿都已经掉光了；另外一位相对来说年轻一些，只有四十岁出头，并且是一位女性。

“罗飞院长负责哪一区？”戚梦萦问。

“罗飞院长负责第七区。”艾力回答，“主攻人工智能。”

“这些机器人都是他们研发的吗？”

柳嘉趴在屏幕上，惊讶地看着不停在屏幕上闪过的造型和体形各异的机器人。

“机器人是其中的一部分。”艾力回答，“还包括各种先进的仪器和设备。”

“那罗西呢？”

“关于罗西先生……”

这时，柳嘉面前的屏幕突然变成了一张巨大的脸，是……罗西！柳嘉就像看见了蛇的老鼠，吓得拼命后退。

“罗西先生是罗飞院长的第三位公子，与柳嘉同学同岁，目前是龙巢基地最年轻的预备研究员。”艾力说。

“他已经是这里的预备研究员？！”柳嘉惊讶地问，转头看了看周围的亚音城。戚梦萦也吃惊地瞪大了眼睛。

“罗西先生的智商已经与爱因斯坦同等级别了。”

屏幕上闪过罗西从幼儿园时期至今的照片，照片中的他捧着各种奖杯，对旁边合影者的热情不屑一顾。

“罗西先生两个月时已经开口说话，在数学方面天赋异禀。去年他发明了最新的数学定理——罗西颠倒猜想。另外，他还获得过奥赛杯儿童游泳冠军，会说七国语言。”

此时，柳嘉脸上的表情越来越僵硬——这个罗西真的不是外星人吗？

“对了，罗西刚才叫我 3 号实验体，请问是什么意思？”

“抱歉，您当前没有了解实验体相关信息的权限。”艾力遗憾地说。

“罗西是 4 号实验体，我是 7 号。”戚梦萦瞟了柳嘉一眼，“都是些倒着活的可怜虫。”她喃喃自语。

电子屏幕突然变回了发光的透明玻璃，戚梦来院长心事重重地从打开的电梯门外走了进来。

“一个接一个地变异，真是让人难以理解……”戚梦来院长低声说着，电梯门在他身后关上了，他飞快地扫视了一眼目瞪口呆的柳嘉和表情复杂的戚梦萦，“看来艾力为你们介绍了不少关于龙巢基地的事情。”

“很精彩。”戚梦萦回答。

电梯开始下降了。

“很高兴你们对此感兴趣。”戚梦来院长点点头，对沮丧的柳嘉露出了一个微笑，“孩子，无须再为刚才的事情自责。但你要记住，人生由无数个选择组合而成，每个选择都足以改变你的一生。所以遇到任何事情，一定要谨慎。”

柳嘉点点头：“谢谢您，老院长。我记住了。”

“好了，孩子们。”戚梦来院长提高了音量，“我们的目的地已经到了。”

电梯再次停了下来。

“第十一区‘永眠墓地’到了。”

电梯门打开时，一座白色的大理石桥已经架在了门口。石桥的另一边是陵园的入口，那是一扇极其恢宏的白色浮雕石门，将近五十米高，形状像一个竹笋。

柳嘉紧跟着老院长和戚梦萦快步走上前。穿过石桥时，他紧张地捏住鼻子，以免又遇见问口令的黑铁守卫。

好在白色石门上并没有守卫。

戚梦来院长把一只手放在门上，巨大石门悄无声息地打开了。

“孩子们，快跟上。”

柳嘉和戚梦萦赶紧一溜小跑，接下来的景象让他们瞠目结舌。

在石门里的是一个宏伟的大厅，比足球场还大。天花板消失在昏暗的光线里，耀眼的银白色光芒，透过几扇宽敞的落地窗洒在地面上，让这里显得肃穆而又神秘。

柳嘉缩着脖子左顾右盼，他总感觉在四周那些黑暗深处，好像有什么人或生灵正在窥探着他。

他们穿过大厅，沿着一条看不到尽头的昏暗长廊，来到了一个宏伟的下沉式圆形小厅。

“这里……是什么地方?”柳嘉震惊地问。

眼前这个暗紫色的小厅里，几百具白色石棺整整齐齐地摆放着。

小厅的中央是一个圆形石台，一个发光的银球飘浮在上面。

在石台的周围，上千支白色蜡烛的魔法影像环绕在空中，摇曳的烛光将大厅映照得静谧、安详。

“这里是安息之所，遇难的狩梦人沉睡的地方。”戚梦来院长的目光变得哀伤。

“您的意思是……”戚梦萦的目光晃动起来。

戚梦来院长沉重地点点头:“小萦，你的父母——戚灵珊、星无云，还有柳嘉的父亲——柳真夜，现在就在这里沉睡。”

柳嘉愣了几秒钟，扫视了一圈大厅中白色的石棺。

“您大概弄错了，院长。我爸爸是因为海难去世的，骨灰盒现在还存放在海边的公共墓园里。”

“孩子，你所知道的并不是真相。”戚梦来院长目光深沉地看着柳嘉，“今天我带你来，就是想让你了解真实的柳真夜。”

戚梦来院长走下石阶，站在祭坛旁，暗红色的烛光中，他仿佛瞬间苍老了十岁，背影也不再挺拔了。

“这些是聚魂棺。”老院长声音沙哑地说，“正在这里沉睡的狩梦人，因为遭遇了意外，有可能……再也醒不过来了。”

“狩梦人……是什么?”柳嘉微微皱着眉头，不解地问。

这里是安息之所，遇难的狩梦人沉睡的地方。
您的意思是……
您大概是弄错了，院长。
我爸爸是因为海难去世的。
孩子，那并不是真相。
狩梦人是什么？
唉。
您刚才说我爸爸在这里……
呜。

“狩梦人是在特殊环境下经过特殊训练后，可以在梦域中探索的勇士。”戚梦萦的声音在微微颤抖。

“那梦域又是什么？”柳嘉还是不解。

“连接平行宇宙的另一个领域。”戚梦萦幽幽地说。

“光明的尽头即为黑暗……我将一些优秀的学生组织起来，将他们训练成狩梦人，去梦域探险，对抗邪恶。一路走来，既有挫折，亦有收获，直到四年前……”老院长的神情变得沉痛起来。

“您刚才说我爸爸在这里……”

柳嘉目不转睛地看着那些聚魂棺，突然间好像是明白了什么，震惊得倒吸了一口气：“您的意思是，我爸爸——他也是和你们一样的人？是狩梦人？”

戚梦来院长深深地叹了一口气。

“柳嘉，你的父亲柳真夜，还有小萦的父母，都不是普通海员，他们乘坐的‘星夜海鸥号’舰船是能穿梭梦域的超级科学结晶，他们是我精心培育的第一代狩梦人。”

“可四年前，我和妈妈在太平间见到了爸爸的……”柳嘉的大脑一片混乱，他感觉自己快要抓狂了。

“那并非实情。”戚梦来院长表情凝重地说，“你们在医院看到的遗体其实是仿制品。狩梦人的存在属于国家特级机密，我们只能用这样的方式来向狩梦人的家属解释……”

柳嘉震惊得说不出话来，胸口里升腾着一团莫名的火焰，让他焦躁不安。戚梦萦把嘴唇咬得发白，仍然没有忍住，泪水掉了下来。

戚梦来院长目光沉重地环视了一圈大厅中的白色石棺，接着说："这里的三百多位狩梦人，都是和你们的父母一起在梦域中探索的战友，是龙巢基地的第一代狩梦人——他们是我一生的心血……"

戚梦来院长突然猛烈地咳嗽起来，戚梦萦赶紧上前搀扶住他。这时，两队穿着深灰色拖地长袍、戴着兜帽的机器人偶从大厅的两侧拱门中缓缓走出，它们举着银色烛台，发出潮水在月光下涨落的静谧声响。

"它们……在做什么？"柳嘉吃惊地问。

"它们是守夜人。"戚梦来院长低下头默哀致意，"狩梦人在永眠墓地沉睡，而守夜人吟唱声波坐标，引导迷失在梦域中的人们早日归来。"

"我想……再看看爸爸和妈妈。"戚梦萦拼命地控制着自己颤抖的身体。

"去吧，孩子。"

戚梦来院长自责地闭上眼点了点头："是爷爷对不起你，梦域的凶险远远超乎人类的想象……"

第十四幕 结束

ACT 15

第十五幕

来自梦域的黑匣子

烛光影像幽暗，潮水声波空灵。

戚梦萦的眼角挂着泪，快步走下阶梯，穿梭在聚魂棺间寻找她父母的身影。

柳嘉觉得嘴里发苦，他害怕极了，眼前聚魂棺整齐排列的景象，让他有些无法面对。

几年前他曾经历过一次父亲的死亡，痛彻心扉的感觉记忆犹新，他实在无法再承受一次那样的痛苦。然而他的双脚还是带着他一步步地迈下石阶，朝聚魂棺走了过去。

“爸爸……妈妈……”戚梦萦找到自己父母所在的石棺，她轻声呼唤着，眼泪无声地流淌下来，滑过苍白的脸颊。

柳嘉神情呆滞地沿着墙边走，在那些白色的石棺中寻找着他的父亲，胸口像塞进一块巨大的石头，连呼吸都变得困难。

走近看时，柳嘉才发现这些白色的聚魂棺是用半透明材料制成的，闪耀着一层淡淡的银光。躺在聚魂棺中的狩梦人双目紧闭。他们都穿着银白色的宇航员制服，头上戴着白色的脑波圆环，几个红色的光点在这些白色圆环上闪烁。

忽然，一张熟悉的面孔跃入了柳嘉的眼帘，他的心瞬间像被一只无形的手紧紧握住。

那是他的父亲——柳真夜，正安详地躺在聚魂棺里。

银色的光芒就像朦胧的月色，轻柔地映照在柳真夜英俊的脸上，右边眉骨处那道细长的伤疤似乎变宽了些，头上戴着的白色圆环上，只有三个红点在不停地闪烁，其中一个红点的光亮已经微乎其微。

“爸爸？爸爸——真的是你！爸爸！”

柳嘉激动得泪流满面，他疯狂拍打着聚魂棺大喊，完全没有注意到手掌已经通红。他拼命想把聚魂棺打开，可聚魂棺就像是从地上长出来的，无论他怎么拍都纹丝不动。

“爸爸——求求你快醒醒——看看我！我是柳嘉——”

在柳嘉的痛哭声和戚梦萦的抽泣声中，潮水的声波节奏越发激烈了，深沉的悲伤填满了大厅的每一寸空气。戚梦来院长走到柳嘉的身旁，苍老的手轻轻搭在柳嘉不停抽动的肩膀上。

“我很抱歉，孩子们……让你们如此悲伤。”戚梦来院长的声音低沉得像一座古老的时钟，“你们的父母在遇难前，给你们留下了重要的魔法影像，只有在这里才能看到。跟我来。”

柳嘉和戚梦萦泪眼模糊地跟在戚梦来院长身后，走到安息之所的中央石台附近。

老院长按下一处旋钮，不一会儿，在一阵石板摩擦的轰隆声中，两个黑色的圆形石台从地下缓缓升了上来。

石台和课桌一般高，上面各盛放着一个淡黄色光球。

柳嘉看到左边光球里悬浮着一个白色的鹦鹉螺，而另一边则悬浮着一顶黑色的蝴蝶礼帽。

“戴上这副眼镜。”戚梦来院长将两副镶嵌了许多精密机械罗盘的老式防风眼镜分别递给了柳嘉和戚梦萦，“接下来，你们将会看到，你们父母留下的最后记忆。不过，想要看到这两段记忆并不容易，时空乱流中会出现扰乱人心智的幻象，阻止你们进入这两段记忆中。因此，万万要小心，时刻保持清醒。”

柳嘉和戚梦萦默默地对望了一眼。

按照戚梦来院长的示意，柳嘉站到悬浮着白色鹦鹉螺的光球前，等戚梦萦在另一个石台边站定后，他们戴上防风眼镜，把手放在了光球上。

忽然，柳嘉感觉自己像被雷电击中了一般，身体里闪过一道麻痹的感觉。接着，他感觉自己正坐在一列轰鸣的火车上，飞速穿越一条长长的黑暗隧道，当他的眼前再次出现光亮时，柳嘉惊讶地发现，他竟然站在一条走廊里。

柳嘉记得这条走廊。今天早晨，在离开客房后，他曾尾随着戚梦萦经过这里。但奇怪的是，走廊尽头明明是老院长的接待室，现在却变成了一个三岔路口，通往三个方向的走廊长得看不见尽头！

柳嘉抓狂地揪住头发，完全不明白眼前究竟发生了什么。他大声呼唤戚梦来院长和戚梦萦，可是无人回应。

一阵空灵的歌声悠悠传来，柳嘉努力地竖起耳朵，他发觉这歌声的曲调熟悉极了——对了，是他的母亲崔如意经常哼唱的那首童谣！

但为什么这时会听见母亲的歌声呢？

柳嘉细细地听，很显然歌声是从中间这条走廊传来的。他壮起胆朝正前方走去，心跳像兔子一样撞击着他的胸口。

走廊边的布置和风景在不断重复。柳嘉埋头疾走，崔如意的歌声逐渐清晰可辨，其中还混杂了轻柔的海浪声。

渐渐地，走廊一侧的墙壁和头顶的天花板消失了，他的眼前出现了一片幽静的大海，一个拖着长长银色鱼尾的女鲛人正坐在不远处的灰黑色礁石上，她双手捧着一个白色的虎斑鹦鹉螺，在硕大的暗红色圆月下，优雅地唱着歌。

这时女鲛人慢慢地转过头，柳嘉的脑海里一片空白——竟然是他的母亲！

只是“母亲”看起来只有二十来岁，粉雕玉琢的脸上，一双眼睛灿若星辰，嘴唇就像浸润着晨露的玫瑰花瓣，一头乌黑的长发仿若世间最华美的锦缎，耳畔的两个发髻上点缀着白色的海星和小贝壳。

“小嘉，妈妈等你很久了。”女鲛人满脸笑意地朝柳嘉招着手，银光闪闪的尾巴轻轻拍打着海水。

柳嘉失了魂一般沿着走廊慢慢走进海水里，他丝毫没有察觉他的膝盖、腰、胸口正在被海水淹没，而当他只剩下脖子和头还露在海面上时，终于站在了“母亲”的面前。

“母亲”的笑意变得更深沉了，长长的睫毛下，目光闪烁着凄冷的忧伤。

“但愿你的灵魂和他一样迷人。”“母亲”向柳嘉伸出一只挂满了海螺和贝壳串珠的手，冰冷的指尖在柳嘉的头发和面颊上轻轻划过，“小嘉啊，和妈妈玩一个猜谜游戏好吗？”

柳嘉用力地点了点头，很快猜出了谜底。

“小嘉太棒了！”“母亲”开心地用银色尾巴拍着水面，“妈妈要给小嘉奖励，奖励小嘉变成小人鱼，永远和妈妈一起嬉戏玩乐吧！小嘉开心吗？”

“万万小心……时刻保持清醒……”戚梦来院长的声音掠过他的脑海，如同一阵深沉的风。柳嘉用力摇了摇晕乎乎的头，骤然从刚才的迷糊状态中清醒过来。

“等一下，你……不对，你不是我的妈妈！”柳嘉大声说，“因为妈妈不会希望我只会玩乐，她希望我用心学习，以后成为像爸爸一样勇敢的人！”

“就算你拒绝……也已经没有用了！”女鲛人的微笑消失了，美丽的脸庞突然变成一颗巨大的黑色鱼头，她张开大大的嘴巴，尖利的牙齿闪着寒光，一双圆眼睛恶狠狠地瞪着柳嘉！

柳嘉被惊吓得叫不出声！他脚下的走廊消失了，身体往下一沉，飞快坠入了大海。不过更让他恐惧的是，当他浮出海面睁开眼睛时，女鲛人化身成的那条巨大的利齿黑鱼，正尖声大笑着从不远处的海面朝他游过来！

妈妈要给
小·嘉奖励。
永远和妈妈一起
嬉戏玩乐吧。
等一下，
你……
不对，你不是
我的妈妈！

柳嘉憋住气，不顾一切地拼命往下潜游，有好几次他的腿差点儿就要变成女鲛人的腹中餐了。

柳嘉急中生智地在水中翻滚，就在他体力快要耗尽时，他发现在海底的一大片珊瑚礁中，有一艘巨大的沉船！这艘大木船呈 45°角卡在了珊瑚礁里，高大的桅杆上错综复杂地连着粗绳和钢丝，破败的帆布像幽灵一般在海水中漂动。

柳嘉用尽最后的力气朝沉船游了过去，女鲛人粗鲁地摆动尾鳍追赶，将躲藏在珊瑚礁中的小鱼们惊得四处逃窜。

柳嘉游到了沉船的底部，女鲛人得意地大笑，完全没有了最初优雅的姿态。

“小不点儿，这下看你往哪逃！乖乖地当我的盘中餐吧！啊哈哈哈——”

柳嘉惊慌失措地沿着沉船的底部游，忽然看见一扇破旧的木质舱门，栩栩如生的黄铜雄鹰挂在门上，几行银色的字迹正闪耀着诡异的光——

勇武是勇士之矛 懦弱是懦夫之盾
七片密钥 拥有三片就能解读回忆
叩响圆形同意 叩响方形要赖
若想破解别人的秘密
请把你的命运交给我

字迹下方有两个黄金门环，恰巧一个是圆形，一个是方形。就在这个时候，女鲛人用力摆动了两下鱼鳍，朝柳嘉猛冲过来，试图对他发起致命一击！就在她离柳嘉只剩不到一臂的距离时，柳嘉飞快地叩下了圆形的门环。

木门“吱呀”一声打开了，他赶紧钻进去，用力关上门。

“砰——”

女鲛人重重地撞在厚实的门板上，发出一声闷响。

“出来！小混蛋——快滚出来！”她用身体一下一下地撞击木门，气急败坏地大叫。

柳嘉闭上眼背靠在门上，感觉自己大限将至——他虽然暂时躲过了可怕的女鲛人，但缺氧的窒息感几乎让他胸口炸裂！

然而当柳嘉睁开眼睛时，他再次惊呆了——出现在他眼前的并不是他以为的漆黑船舱，而是一个漂亮的小花园，而且他可以正常呼吸了！

这里无疑是柳嘉家后面的小花园，面积虽小，但草地柔软茂密，就像绿色的地毯，上面放着白色的藤编圆桌和扶椅。因为浸泡在了海水里，一两百条小鱼和庭院中的小鸟、蝴蝶一起在空中飞来飞去。

在一棵开着火红花朵的石榴树下，柳嘉看见一个戴着草帽的熟悉身影。当身影转过来，出现在他眼前的竟是笑容灿烂的母亲！

又是女鲛人吗？柳嘉迟疑了片刻。

就在这时，他背后的木门外传来女鲛人疯狂的叫骂声……这就意味着，眼前的母亲并不是女鲛人，也不是幻象，而是父亲最后留下来的记忆碎片。

一幕幕温馨的回忆涌上心头，柳嘉噙着泪。

“小嘉？你怎么站在那里？”母亲温柔地微笑着问。

他正要开口回答，一个小小的身影突然从他身边跑了过去。

“妈妈！你看见我了！”小小的身影扑进了母亲的怀里，柳嘉发现那竟然是年幼时的自己！

“我的小嘉不管在哪里，妈妈都会知道。”母亲的笑容比火红的石榴花还要美。柳嘉发现她飞快地看了自己一眼，然后拉着小柳嘉的手往屋子里走去了，门前成群结队的小鱼赶紧呼啦啦地游开。

柳嘉情不自禁地跟了过去，木门外女鲛人还在继续咆哮，但他管不了那么多了。

他跟在母亲和小柳嘉的身后，走到了摆满丰盛菜肴的餐桌旁。小柳嘉坐在一个点着蜡烛的生日蛋糕前，戴着红色生日尖角帽，脸上乐开了花。父亲和母亲陪在他的身边，正在为他唱生日歌，小鱼在他的身边游来游去。

接着，母亲拿出送给小柳嘉的生日礼物，父亲从背包里掏出那个白色的虎斑鹦鹉螺——这一幕，和柳嘉记忆中六岁生日时的场景一模一样！

“爸爸！妈妈！”柳嘉激动地走上前大声喊着，“我在这里，我是柳嘉！”可是父亲和母亲只是笑吟吟地对着小柳嘉说话，小柳嘉抱怨说想要智能手机当生日礼物……全家人完全把旁边泪流满面的柳嘉当成了空气。

事实上，柳嘉现在的身体的确如同空气——当他向父亲伸出手时，手掌竟然直接从父亲的肩膀穿了过去！

柳嘉困惑地看着自己的手，他又在母亲、小柳嘉甚至周围的家具上全都试了一遍，结果都一样。在这里，他似乎仅只是一道周围人看不见的虚影。

柳嘉眼睁睁地看着父亲和母亲帮小柳嘉庆祝完生日。墙上的时钟转得飞快，秒针就像风扇叶一样转着圈，很快就到了小柳嘉上床睡觉的时间。父亲、母亲一前一后拉着小柳嘉，来到了二楼的小卧房。

这里的布置是他童年时最熟悉的样子，父亲已经讲完了睡前故事，母亲正在给小柳嘉唱催眠曲，小柳嘉心满意足地闭上了眼睛。

不一会儿，父亲搂着母亲的肩膀回到了他们自己的房间。柳嘉跟在他们身后大喊大叫，就像个没人理会的傻瓜。而这时，从父母虚掩的卧室门里，传来了一声轻轻的叹息。

“我们什么时候，才能把真相告诉小嘉?”母亲的话让门外的柳嘉安静了下来，他把耳朵凑近了门。

“我想等他大一些。以小嘉现在的年纪，还理解不了这些事情。”父亲声音低沉地说。

“真夜，我很害怕……万一……”

“别担心，小如。”父亲轻声说，“我会保护好小嘉。”

后面的话柳嘉听不清楚了，这时他的旁边凭空出现了一段破旧的木质楼梯，一群小鱼正朝楼梯上方游去。

这道楼梯显然并不属于柳嘉的家，他好奇地沿着楼梯慢慢往上走，而当他走到三楼，才发现这里竟然是一间热闹宽敞的复古餐厅！

餐厅里流淌着怀旧的音乐声，一个裹着黑斗篷的吉他手不羁地蜷在舞台角落，演奏着一首古老的歌谣，几个观众在默默地随声附和，仔细聆听，隐约还能感觉到机械引擎转动的嗡嗡声。

几个穿着运动制服的狩梦人，正在一面斜长的半透明灰色玻璃幕墙边，挥汗如雨地蹬着运动电单车。不远处的重金属吧台前，一个戴着黑色礼帽的女人在和一个光头老人聊天。

柳嘉困惑地四处打量，突然发现一身戎装的父亲柳真夜和一个面色苍白的高个子男人走过来，一群小鱼好奇地凑在他们身后。

父亲身着一套银灰色的指挥服，上面有许多金属搭扣。高个子男人的左手戴着一只机械臂套，上面镶嵌着许多精妙的齿轮。他们从柳嘉身边走过时，并没有察觉到柳嘉的存在，径直在吧台前那个女人的身边坐了下来。

这里是父亲和朋友们聚会的地方吗？

柳嘉猜想着，悄悄在父亲柳真夜身边的空位上坐下。

“勋伯，一杯咖啡，一杯红茶。”柳真夜爽朗地笑着说。

“好嘞！”勋伯递给他们两个空杯，一只铁皮小松鼠立刻开着一辆高高的茶壶车赶过来给他们倒上。

“你又在喝这种扰乱心智的饮品了。”机械臂男人看了一眼女人手中颜色奇怪的杯子，嘴唇抿成了一条线。

“一杯梦域的寒莲果饮而已，别大惊小怪，星无云。”女人稳稳地把杯子搁在吧台上，一只机械鸟飞快地滚着轮子走过来，给她续杯。

柳嘉发现，这个女人戴着的黑色礼帽和刚才他在安息之所看见的那顶一模一样，再加上她精致的五官、高傲的眼神……多半就是戚梦萦的母亲——戚灵珊。而旁边那个装有机械臂的男子，大概就是戚梦萦的父亲了。

“灵珊，寒莲果饮只会影响你拔剑的速度。”柳真夜笑着插话，顺便和从旁边经过的几个人打招呼。戚灵珊没有说话，冰山般的表情简直是戚梦萦的翻版。

“灵珊又和女儿吵架了。”星无云叹了口气，柳嘉脑子里出现两座冰山对撞的情境，“女儿的生日会，说好了按时参加……但结果……”

柳真夜尴尬地挠了挠头。

“我儿子柳嘉的学校也在开运动会，我答应他一定会到……”

柳嘉的目光闪动了一下。

“真麻烦……”戚灵珊不满地说，“我有时候怀疑，当初决定做狩梦人，并不是一个明智的选择。”

“我不这样想，灵珊。”星无云优雅地喝了一口咖啡。柳嘉恍惚明白，戚梦萦高雅的气质是从何而来的了。

“孩子们以后会理解我们的。”柳真夜自信地笑着说，“他们会明白，我们为何而战。”

这时，餐厅里的水流突然变得湍急起来，一行刺目的预警标记，浮现在柳嘉头顶的玻璃幕墙上……蓦然，巨大的爆炸声在柳嘉耳边响起，在气浪的冲击下，整个餐厅猛烈地摇晃起来。

柳嘉紧紧地抓住座椅旁的扶手，往头顶看去，发现汹涌的海水在周围激烈涌动，巨大的海鱼在幕墙外擦身而过。几艘船首像是三眼海兽的潜水艇，正朝着柳嘉所在的船疯狂地发射鱼雷炮弹。

一时间，疯狂的叫喊声和炮弹的炸裂声混杂在餐厅内。

柳嘉害怕极了，突然，他听见一声大喊：“真夜！右舵仰角65°！船体浮空！那些疯子发现我们了——”

柳嘉惊讶地抬头看去，发现戚灵珊和星无云矫健地攀爬出船顶隔离舱，指挥一群身穿鲨鱼脊制服的狩梦人，朝三眼海兽潜艇举盾还击，并投射许多网状的墨水弹染黑海域。

柳真夜穿过吧台，飞快进入走廊尽头的作战室，指挥船员游击作战。

“爸爸——等等我……”柳嘉慌忙跟紧柳真夜，一路跌跌撞撞走去。

船体继续剧烈震动，发出嘎吱嘎吱的破裂声和哗啦啦的漏水声。连绵不绝的炮火声在柳嘉耳边闷响，导致他不小心滑倒在船舱地板上。此时，四处响起震耳欲聋的战斗声，柳真夜已经不知去向…… 柳嘉抬起头，发现一只巨大的水母鼓着漆黑的眼珠，正透过玻璃幕墙，幽幽地凝视着他。

“哇——”柳嘉吓了一大跳，恰好看见柳真夜提着一把机械弓，从左前方人群中掠过。柳嘉慌忙埋头跟了上去。

未料到，船舱另一边，又是另外一番景象……

第十五幕 结束

ACT 16

第十六幕

星夜海鸥号之陨

一场惨烈的大战刚刚过去不久。

船舱里空气沉闷，暗淡的光线透过破碎的玻璃窗，洒下灰白色的冷调。

这里躺满了伤情惨重的狩梦人。

他们看起来都很年轻，身上和头上缠着绷带，有些人望着手中的照片流泪，有些人在信纸上飞快地写着什么，船舱里不时响起痛苦的呜咽和心绪凝重的叹息声……沉重的空气令人感到窒息。

柳嘉惊讶地四处张望，发现一身戎装的父亲柳真夜，正在伤员们的病床前一一探访。一群小鱼好奇地凑在他身旁游荡。

柳真夜身着一套银灰色的狩梦盔甲。肩膀上代表防御指数的金属搭扣已经处于战损状态，残缺不全。他脸上伤痕累累，神情疲惫极了。一个光头尉官神情严肃地跟在他的身后。

当柳真夜侧过脸颊，一只黑色眼罩映入柳嘉的视线。

我这是在“星夜海鸥号”船上吗？父亲的右眼是怎么回事？柳嘉一边好奇地猜想着，一边走到柳真夜身边。

柳真夜却和刚才一样，完全没有察觉到柳嘉的存在。他心情沉重地走到舷窗的旁边，缓缓地扫视着情绪低落的年轻狩梦人们。

“船长，这是我们最后的战力了……接下来的战斗，就靠我们几个，能行吗？”光头尉官低声说。

柳真夜叹了口气，转过身，目光悠远地看向窗外。

“勋伯，与黑凰残魇的这场战争，困难度早已超越了我们最初的设想……”他自责地垂下了目光，“如今看来，想要结束战斗，还需要坚守更漫长的时间……”

“船长，不必自责，你已经尽力了。”光头尉官勋伯轻声说。

柳真夜沉默不语，转身朝舱内的一扇门走去，脚步仿佛重逾千斤。

柳嘉紧跟在父亲的身后，他看到舱门后是一个非常窄小的房间，一位伤势极其严重的狩梦人正躺在房间中央的病床上，陷入了昏睡。他左边的手臂安装上了机械义肢，身上缠着厚厚的绷带，挂在床头的蓝色制服外套已经破烂不堪。

一个意志消沉的女人正坐在床边的木凳上，仰头豪饮一瓶寒莲果饮。

“少喝点儿，你的伤势……”柳真夜走上前，夺过女人手中的寒莲果饮。

“拿过来。”女人恼火地打断他的话，怒气腾腾的双眼中带着一丝醉意。

柳真夜难过地看着颓废的戚灵珊，还有病床上仍然陷入昏睡的星无云。一边的床头柜上，那一枚金属盖被打开的怀表，里面镶嵌着戚梦萦的相片。

“灵珊，不要自暴自弃。”柳真夜声音低沉地说。

戚灵珊伸出手打了个响指，床头柜上的一只机械鸟叼起那枚怀表，扇着翅膀飞过来，放在她的手里。

“这场云海攻城战，联合狩梦舰队派出了十三条战船，和黑凰残魔的兵马交火了整整一个月才最终险胜，但我们仍然没有彻底打败他。”

戚灵珊看着怀表里的相片，冰山般的表情和戚梦萦的简直一模一样：“他们的下一次进攻，就是我们最后的战斗了吧？”

柳真夜紧紧地抿着嘴唇，沉默不语。

“我们狩梦人在梦域戎马一生。为了清除梦魇瘟疫，守护人类世界安宁，不惜付出一切，甚至会沉沦于杀戮。”戚灵珊幽幽地说，“但这所有的一切，在我们死去之后，都将被淹没在时间的长河里，就像泪水消失在雨中……又有谁会记得我们？谁会来祭奠我们悲壮的行程？”

“但作为狩梦人，我们并非一无所得。”柳真夜的声音沉稳有力，“我们曾见过人们无法想象的景象——我们去过巨龙盘桓的山脉峡谷，看过幻影星舰在远古冰川上熊熊燃烧，虚无之瞳的万丈光芒在灵魂逆流河上空闪耀……”

他的身体在微微地颤动：“而且通过这场战斗……我们拯救了米兰市，清除了黑凰残魇设置的幻象病毒重大感染源，保护了市民和我们的家人。”

“家人……”戚灵珊冷笑一声，拿起床头柜上的那枚怀表，用手指摩挲着相片里的戚梦萦，“我们保护了无数人的家人，可是自己的家人却连见一面都成了奢望。我们耗费了太多的时间去寻找生命的意义，去证明自我的价值，却连最简朴的生活都过不上，还想去挑战黑暗，改变未来……”

“既然如此，你为什么不放弃？”柳真夜低声问。

“因为，我生命里的这一道光……”戚灵珊将戚梦萦的照片拥入怀中。

“我想要守护她，不让她再被黑暗和噩梦侵扰。我希望她每一天都能对我绽放笑容，我希望有一天能和她一起去闻一朵在春天盛开的小花，去听雨点敲打在玻璃窗上的声音，让雪花融化在我们的掌心里……”她的眼角泛起晶莹的泪光，声音变得温柔而又充满力量，“所以，我一定要消灭黑凰残魇，哪怕因此而丧命！”

“灵珊，”柳真夜的手轻轻按在戚灵珊瘦弱的肩膀上，“多保重身体。终有一天，孩子们会明白我们为何而战。”

柳真夜说完便不再逗留，转身推开门走上了甲板。

柳嘉此刻已经泪流满面。他张合了几下嘴，却发不出哪怕一点儿声音。他只想追上父亲，抱着父亲痛哭，可是房间里的水流突然变得湍急，将他冲到了船舱的玻璃舷窗旁。

柳嘉惊讶地发现，窗外竟然还是这个复古船舱，只是全然没有现在沉重压抑的气氛，反而被布置成了张灯结彩的餐厅模样，喧闹非凡。衣着光鲜的狩梦人们三三两两聚集在一起，兴奋地讨论着即将展开的大战。

戚灵珊则是坐在餐桌边，高举杯子，踌躇满志地大喊："狩梦人终于不再内讧而是团结一心！为这次联合出击，干杯！"

餐厅里立刻响起一阵热闹的应和声和几声口哨。

柳嘉也被这里热闹的气氛感染了，玻璃窗上突然浮现出一行红色字迹，又快速消失，似乎在提醒他这一切都只是幻象，只有解开幻象才能离开这里。

小鱼们从柳嘉身边飞快地游过。等它们散去时，柳嘉再次抬头往外看去，幻象已经不复存在。

柳嘉这才发现这艘船竟然正悬浮在天空之上，窗外是一朵朵灰白色的雨云。

又一段盘旋着往上延伸的金属舷梯出现在柳嘉面前。

澎湃的水流向舷梯之上逆流而去，小鱼们也顺着水流飞快地往上浮游。

"那边有声音传过来……"柳嘉沿着舷梯往上走去，令他惊讶的是，舷梯尽头竟然是巨大帆船的瞭望台！

在他的头顶上方，猩红的浓云在涌动。

他还没有站稳脚跟，耳边突然响起了巨大的爆炸声。在气浪的冲击下，帆船猛烈摇晃起来。

那边有声音
传过来……

柳嘉紧紧地抓住瞭望台的扶栏，往周围看去，发现这艘帆船竟然飞行在天空中，飘浮的云海在四周激烈涌动，巨大的飞鱼在白云间游荡。

一面深蓝色旗帜在桅杆上飘扬，上面绘有被群星围绕的海鸥图案——和刚才看到的那艘沉船上的一模一样。

不仅如此，柳嘉还注意到周围飞行着好几艘猎鹰造型的战舰，飘扬在战舰上方的橙红色旗帜上写着“狩梦联合舰队”几个大字。

不远处，有几艘飞船将炮口改变方向，正朝着柳嘉所在的船疯狂地发射炮弹。那些飞船的船首像是狰狞的三眼海兽。一时间，疯狂的叫喊声和炮弹的炸裂声混杂在船的周围。

柳嘉有些害怕，想要退回到刚才的复古船舱。

突然，柳嘉听见一声大喊：“真夜！联合舰队令——敌强我弱，全员撤退！”

柳嘉惊讶地转头往下看去，发现戚灵珊和星无云正狼狈地攀爬在船沿边密密麻麻的绳梯上回击。一群穿着各种奇怪服装的人正和他们一样朝三眼海兽飞船方向飞快地拉弓、开枪，并投射出许多奇怪的物体。

他的父亲柳真夜，也正拉着一把橙色的机械弓，将那些妄图攀上绳梯的黑衣海盗一一射下船去。

“爸爸！”柳嘉惊慌失措地大喊，但是他的声音根本就传不出去。

“撤退？懦夫！我们的背后是整个米兰市！”戚灵珊高声怒骂。

“真夜，”星无云的目光坚定，“我们听你的。”

柳真夜气喘吁吁地看向火力凶猛的敌舰。同行的猎鹰飞船已经在纷纷掉头向后撤退，只有他们仍然在炮火纷飞的云海阵地坚守。

柳嘉沿着瞭望台的绳梯飞快向下爬，想要落到甲板上。

这时，飞船后方忽然响起震耳欲聋的吼叫声。

柳嘉转过头，发现一个巨大的飞行生物正喷着烈火朝飞船冲过来！那是一头三足熔岩骨龙，是梦域中的特殊生物，漆黑的金属鳞片包裹着熔岩般猩红的躯体。它的双翅遮天蔽日，尖锐的利爪仿佛能碾碎一切它所触及之物。

更让柳嘉感到震惊的是，在那头三足熔岩骨龙的背上，竟然伫立着一个诡异的少年。他身披黑色长袍，戴着龙首面具，手中握着一把如龙牙般尖利的火剑，火剑正熊熊燃烧着。

“不好——A 级梦域碎片变异了！”柳真夜惊叫，“是噬梦恶龙！还有……黑魔武士！”

熔岩骨龙的巨大翅膀擦过飞船船身，船身立刻剧烈地摇晃起来，绳梯上大半的人都惨叫着坠落下去。

柳嘉吓得两脚发软，双手死死地抓住了绳梯，两只脚悬在半空中晃动着。

他心惊胆战地往下看了一眼，如果他刚才掉下去，多半已经摔成烤肉饼了……

战场各种尖啸声中，柳嘉终于爬到了甲板上。船员们拿着各种武器，在他的身边奔走作战。

而这时，两艘慌忙撤退的猎鹰战舰被熔岩骨龙喷出的火球击中，在刺耳的惨叫声中解体坠落。

柳嘉害怕地看着周围的一切，不知该如何是好。他是否能做些什么帮助父亲？可是他现在连站起来都困难。

“该死！噬梦恶龙和黑魔武士，我们一个都对付不了！”星无云紧紧抓住甲板旁晃荡的绳梯，绝望地说。

此时他头发乱糟糟的，满脸尘土，机械臂套冒起了黑烟。在他身边的戚灵珊也好不了多少，半边战甲都被刚才飞行怪物喷出的大火烧没了。

柳嘉趴在绳梯边的甲板上，看见他们的胸膛正激烈地起伏着。几秒后，柳真夜逐渐恢复了镇定。他从腰包里掏出了一个鹦鹉螺递给星无云，柳嘉发现，这正是安息之所光球中的那一个！

“把它交给我儿子。恐怕，我不能参加他的运动会了。”柳真夜无奈地笑了笑。柳嘉捂住嘴，感到浑身发凉。

“你要做什么？！”星无云大声问。

“我若不战，整个米兰市的人都会感染黑魔病毒。”柳真夜目光坚定地说，“我不惧怕黑魔武士，但我不能让你们和我一起去冒险。斩首作战我一个人去。”

远处，巨大的熔岩骨龙掉转身躯，再次朝“星夜海鸥号”呼啸冲刺而来。

“不。”星无云吃力地躲开了一枚火球，“保护米兰市，是我们全体的责任。”

“没错。”戚灵珊坚定地说，“我们身后是整个米兰市，还有孩子们……如果我们失败了，他们都会陷入险境。我们，绝不能退！”她一边说着，一边摘下了她的帽子。星无云同时也摘下自己衣服上的徽章。

船员们扛着一个巨大的泡沫灭火筒，在努力浇灭绳梯上燃烧的火焰。

“爸爸——你们快上来！绳梯快要断了！”在怪物凄厉的叫声中，柳嘉对正在指挥船员撤退的柳真夜大喊大叫。

这时，柳真夜突然抬起头，朝柳嘉的方向露出一个温柔的微笑。柳嘉的心猛地收紧，耳边的声音仿佛一瞬间全都消失了。

“找到夜行者，让它想办法转交给老院长!”柳真夜将鹦鹉螺扔上了船，“告诉我儿子柳嘉，照顾好他的妈妈。一定要成为一个令我骄傲的男子汉!”

戚灵珊和星无云对望了一眼，也把手中的帽子和徽章扔上了船。

“柳真夜——”光头尉官在甲板上大喊。

柳嘉已经哽咽到几乎发不出声音了:“爸爸!别走——不要扔下我和妈妈……爸爸!”

柳真夜目光坚定地转过身，从背后抽出一把闪着蓝光的长剑，直接冲向飞船下那个张牙舞爪的巨大怪物。

在柳嘉的哭喊声和炮弹的炸裂声中，柳真夜朝怪物的背上纵身一跃，戚灵珊和星无云对视一眼，也跟着跳了下去。他们的怒吼声，响彻云霄。

“为了未来！”

“为了米兰市和孩子们！”

“为了狩梦人的荣耀！”

熔岩骨龙喷出熊熊烈火，将飞船边的绳梯烧着了。

柳真夜、戚灵珊和星无云与操纵噬梦恶龙的黑魔武士一起从茫茫云海坠落至梦域深渊。

“爸爸——不要——”柳嘉的哭喊被周围的炸裂声淹没了。

就在这时，甲板边凭空出现了一条新的金色绳梯，沿着船身向下垂落。柳嘉毫不犹豫地爬上了绳梯，他要去找他的父亲，然而一阵凄厉的大笑声在他的头顶上响起。

“臭小子，让我好找——”

柳嘉抬头一看，女鲛人竟然在不远处激动地甩着尾鳍。他倒吸一口气，赶紧加快速度沿着绳梯向下爬去。

“又想逃？你以为每次都有那么好的运气吗？”女鲛人大笑着朝柳嘉飞快地游了过去，“乖乖地过来吧！啊哈哈哈——”

柳嘉满头大汗，然而就在他快要爬到绳梯底端时，女鲛人粗大的鱼尾拍在了他的身上。柳嘉顿时感觉头晕目眩，身体也失去了力气，从绳梯上跌落了下去。

女鲛人的尖笑声越来越远了，仿佛变幻成了柳嘉害怕又熟悉的鸦叫声……

柳嘉感觉自己在飞快地向下坠落，陷入一片无边无际的黑暗里。脑子里就像灌满了水泥，失去了思考的能力。

第十六幕 结束

ACT 17

第十七幕

虚幻绞索

“柳嘉，醒醒。柳嘉?”

耳畔传来轻轻的呼唤，柳嘉感觉脸颊上传来一阵温热。

他缓缓地睁开眼睛，恍惚看见了崔如意的身影，而当他的视线完全清晰时，才发现站在他面前的竟然是戚梦萦。

戚梦萦将一只手轻轻搭在他脸上，泪水淹没了她的脸颊。

过了一会儿，祭坛边的石台缓缓降落下去。

“刚才……我是在做梦吗?”柳嘉心情沉重地问。

“不完全是，我的孩子……”戚梦来院长回答，“是狩梦人储存在这些道具中的梦域记忆影像。”

戚梦萦忧伤地看着石台落下的地方，喃喃地说：“鹦鹉螺和蝴蝶帽是储存记忆影像的闪存道具，是爷爷二十年前的一项发明。狩梦人通过这个能将梦域中的影像保存下来，带回永眠墓地进行研究。”

“你的解释很准确，小萦。”戚梦来院长说道。

“我偷看了大部分爸爸房间里的资料，可是……”戚梦萦突然咬紧嘴唇，无法再继续说下去。

柳嘉仍然似懂非懂：“你的意思是，刚才我看见的一切，都是在梦域里发生的事情吗?”

“是的。”戚梦来院长点点头，“真夜和小萦的父母都被困在了那个梦域的碎片里。”

“您为什么要让我的父亲去那么危险的地方？！”柳嘉的情绪激动起来，“如果他不当狩梦人，现在正在家里陪我，妈妈也不会生病！我们一家人就能快快乐乐地生活在一起！”

柳嘉哽咽着大喊，最后变成了咆哮。

“孩子，”戚梦来院长沉重地叹了口气，“促使你父亲成为狩梦人的，难道不正是你吗?”

柳嘉像被按了暂停键的音响，愣在了原地。

“你小时候是不是经常做噩梦，有时候甚至无法从梦中醒来?”戚梦来院长问。

柳嘉木讷地点了点头。

“做梦，本是人体受到梦域引力波连接的天然反应。而有些噩梦，却是人为制造的梦魇灾难。”戚梦来院长目光锐利地看着柳嘉，“也就是说，你曾经历的那些噩梦……”

戚梦来院长的话，令柳嘉的思维和意识变得恍惚。

他不由自主地回想起，五年前自己经常做的一个奇怪的梦。

梦里的世界，夜色迷离，暮霭沉沉，永无黎明。

没有一线晨光能轻易冲破红色月魇的边界，厚重且永无休止的晦暗，让柳嘉的内心感受不到一丝安宁。

在梦里面，他是一个被遗忘在黑暗殿堂某处角落里的小木偶。身上布满了灰尘，过度的干燥使得他的身躯日渐龟裂，他的一条腿和半条手臂早已腐化掉了。

黑暗殿堂里，偶尔会出现一位面容模糊的银发怪人，他有着一双犀利且阴鸷的眼睛。昏暗的灯光下，怪人喜欢走到殿堂内的巨大书架墙下，躺在一张破旧的摇椅里阅读，并撰写一些情节离奇的可怕童话故事。

有时候，怪人会声嘶力竭地问柳嘉一个问题："小木偶，你想变成人吗？去承受生而为人的痛苦……去感觉失恋、失望、失败、失忆……最后，醒过来的你，再亲手将一切得不到的幻象全部毁灭。"

小木偶柳嘉目光愣愣地望着怪人。在梦里，它并不会说话，却能听懂怪人神经质般的呢喃自语。

怪人时常告诫小木偶，做木偶是世界上最幸运的事——没有烦恼，不用工作，不用学习，也不用说话，只要安静地待在角落里就可以了。等待时间过去，木质的身躯朽坏腐烂，化为灰尘，就当从来不存在一样。

在黑色殿堂里，怪人写了无数个梦魇般的故事，然后在每天临睡前，缓缓地读给小木偶柳嘉听。他想要教会柳嘉做

梦，在一些平静或者幸福的梦里，去发泄自己的情绪，将一切美好统统湮灭……就像他年轻时一样。

毕竟，梦都是光影泡沫，醒来后，一切皆为虚幻。

有一次，怪人从殿堂外黑暗的时间深渊中，窃取了许多乱麻，那些乱麻在他灵巧敏捷的手中逐渐演化成了文字和图案。

他开始操纵着小木偶，进入到一个诡异的梦里。

小木偶柳嘉变成了时间裂隙中某片大地上，一个叫作嬴政的小男孩。

他生活在一个极度混乱的时代，每个人都生活得极其艰难、痛苦。于是，小男孩迅速成长了起来，成为所在梦中最强大的勇者，并打败了所有敢于阻挡他道路的恶人，最终创造了一个强大的王朝。但某天晚上醒来，小男孩看到镜子里自己的样子，赫然变成了怪人的模样……于是，小男孩砸碎了镜子，并且把所有敢于反对自己形象、行为和记载自己来历的聪明人全部坑杀枭首……这时候，天罚出现了，一群人从红色的火焰中走出，粉碎了小木偶。

那是一个极其漫长的噩梦，梦中甚至还有更深沉的梦。

这一切都令幼小的柳嘉痛苦不堪。他经常莫名其妙地昏厥，又或陷入长时间的沉默寡言、口舌流涎，痴痴呆呆地坐在幼儿园的泥巴地上。

直至有一天，爸爸柳真夜拿出一本红色封皮的《梦的十四行诗》，并且为他轻声吟诵，奇怪的噩梦才从此消失……

在这之后，那本《梦的十四行诗》也消失不见了。

“柳嘉……柳嘉?”

在戚梦萦的轻声呼唤下，柳嘉终于缓过神来。

看着柳嘉迷惑的眼睛，戚梦来院长耐心地解释道：“几年前，我们在研究引力波与量子纠缠的关联性时发现，有人在故意制造噩梦，将做梦人的意识困在梦魇里，从而达到吞噬和收集灵魂粒子的潜在目的。这个行为对受害人造成了难以估量的损伤，他们会因此而疯狂、昏迷，甚至死亡。”

“您的意思是，有人想要把我困在梦魇里吗?”柳嘉惊异地追问，“那我平时看到的那些奇怪幻象，也是有人故意制造的吗?”

“确实如此。”戚梦来院长点点头，“但有些幻象却是由我们制造的，它们是保障社会关键场所顺利运转的疫苗。比如你在家里和教室里看到的某些幻象，其实就是我们专门投放的疫苗。只是没想到那只五眼乌鸦盯上了你……”

柳嘉隐隐约约明白了些什么。

戚梦来院长接着说："你父亲在成为狩梦人之前，是一位专职研究脑域神经链的医学天才。为了保护你，他才毅然决定加入狩梦人组织，守护你的安全。狩梦人组织的天职，就是解救被困在梦魇灾难中的受害人。"

柳嘉惊讶得倒吸了一口凉气。

他忽然回想起，刚才在父亲的记忆影像中听过的话："总有一天，孩子们会明白，我们为何而战……"

"小萦的父母也是因为同样的理由才选择成为狩梦人。"戚梦来院长看了一眼泪光闪动的戚梦萦，"他们不但保护了你们，还默默地帮助了很多被困在梦魇中的受害人，直到遭遇那个可怕的……"

"A 级梦域碎片变异!"柳嘉的脑中突然跳出了柳真夜说的话。

"我的妈妈——也被困在梦魇里了吗?"柳嘉担忧地问。

"恐怕是这样。"戚梦来院长叹了口气，"她现在被困的时间还不长，博古已经仔细查看过了，她所处的梦魇灾难并不严重。只是……"

戚梦来院长悲痛地环视了一下周围的聚魂棺："永眠墓地已经没有可以继续战斗的狩梦人了。"

柳嘉感觉身体里有什么东西轰然倒塌了，踉跄地后退了两步，眼泪像洪水般涌出眼眶，淹没了脸颊。

"您的意思是，我的妈妈没救了，是吗?"

这是否意味着，从此以后，他只能孤零零地生活在这个世界上?

“不，柳嘉，还有一次机会。”戚梦萦伸出一只手，轻轻搭在柳嘉的肩膀上。柳嘉转过头，迷茫地看着站到自己身边的戚梦萦——她的眼神如此清澈凛冽，像极了冬天的冰雪。

“小萦，成为狩梦人是一条没有归途的道路……”戚梦来院长严肃地说。

戚梦萦点了点头，目光坚定地看着一脸茫然的柳嘉。

“我们来做第二代狩梦人，这一次，轮到我们去守护和拯救最爱的人了！”

柳嘉凝望着戚梦萦，悲伤的目光渐渐变得坚定而勇敢。他用力点了点头，在心中做了决定。

为了救妈妈，为了救回仍有生存希望的爸爸，还为了保护无辜的人们不受梦魇的侵害。

柳嘉决定，他要像父亲一样，成为一位勇敢的狩梦人。

狩梦奇航1
孤勇者的觉醒
落幕

敬请期待第2册

狩梦奇航(2)预告
下集精彩故事
试炼开始！
为了拯救母亲
柳嘉必须成为狩梦人！
梦域空间，
比想象中
更无奈……
首次梦境跃迁，竟遭遇梦境坍塌？
狩梦奇航2
狩梦人黄金试炼
和风与静海，恶浪与帆船。

龙巢基地
试炼特辑
超凡领域　危险勿入

欢迎来到龙巢基地
冒险即将启程

狩梦奇航
冒险开启
？
机密地带
非锁定人员
不得靠近

“孩子……你想好了吗？
记住，这个世界的能量是守恒的。
渴望探究真相，需要比懒惰的人付出更多的努力。如果你确定要加入龙巢基地，以下能力缺一不可——

观察力、逻辑力、判断力、想象力、分析力。”

初始挑战

请填补完如下的记忆碎片，并根据结果计算你的初始狩梦人积分。
（提示答案在 209 页）

❶ 柳嘉能看到的怪鸟是什么模样？
❷ 米兰市正在被什么病毒攻击？
❸ 戚梦萦第一次与柳嘉相遇时，留下的书叫什么？
❹ 米兰市的地下都市名称叫什么？
❺ 罗西初次见到柳嘉，叫他什么？
❻ 柳嘉在哪里与父亲柳真夜重逢？

计分规则：
没看提示，用时 30 秒内 +3 分
没看提示，用时 1 分钟内 +2 分
看了提示后答对 +1 分
没有答对 +0 分

提示：

你的终极目标——
狩梦人资格申请表
就在老院长的办公室！

在这一路上，你也许会遭遇前辈们的考验，那就找出正确答案，用实力获得他们的认可吧！

初始得分：
（0-18分）

去往老院长办公室的秘密地图！

永眠墓地是龙巢基地的第七区，专门从事空间跃迁技术的研发。老院长戚梦来的办公室更是隐藏于龙巢基地的腹地，十分隐秘。试着根据原文中提到的路线，在下面坐标图中绘制出柳嘉进入基地的路线。（10 分）

绘画区域

50 45 40 35 30 25 20

电梯　桥　守卫　走廊　隐秘空间　标志物

●去往老院长办公室的路上，还有什么需要特别注意之处？给出你的特别提醒。

提示：（5 分）
隐秘即安全。

●如果在你的卧室中，设计一个通往龙巢基地的神秘入口，你会放在哪？

猜想（5 分）

挑战第一关：
（0-20分）

易天爵学长的考验（10分）

鸮的眼睛！

像猫头鹰一样敏锐的观察力！

◎难度系数：★★★

新的挑战！

谜题1：暗藏玄机的院子

你刚刚走进天台山综合疗养医院的院子，就被易天爵拦了下来："你想找老院长，先过我这关。"你能找出院子里四处不对劲的地方，通过易学长的考验吗？

提示：

没有梦境任务，
我要赶回家过周末，
你，快点找。

答案：

现实中不可能出现的人面马蹄莲；右边花坛"禁狗"标识牌的影子方向；院子里有"禁狗"的标识，却有一只狗；现在是冬天，水池里却开着荷花。

成为佩珀尔幻象大师!

院子里的幻象是否难住了你？我的好朋友柳嘉就经常受到幻象困扰。在现实中，一些利用光学射线原理的小手段就能骗过我们的眼睛，让一些东西看起来像是消失了或像凭空出现一样。这些被运用在魔术舞台的“幻觉”把戏，被称为“**佩珀尔幻象**”。

幻象是如何出现的？

①在一个明亮的房间（观众能直接看到的“舞台”）与一个隐秘的房间之间以某个角度放置一大块玻璃。

②玻璃会反射隐秘的房间，请让隐秘房间保持黑暗，从而制造出“幻象”场景。

③当隐秘房间里的灯光逐渐变亮，照亮整个场景时，作为舞台的房间里的灯光同时变暗，这时，观众就看到了幻象。

一起来玩幻象!（10分）

□准备一段你想播放的视频片段（最好是黑色背景）。

□一部可以播放视频的手机。

□一些透明塑料薄片、透明胶带。

①将透明塑料薄片剪下四个如右图尺寸大小的等腰梯形。

②把四个梯形的等腰边用透明胶带连接起来，成为四面梯形状，倒放在手机屏上。

③把房间灯调暗，播放视频，幻象出现！

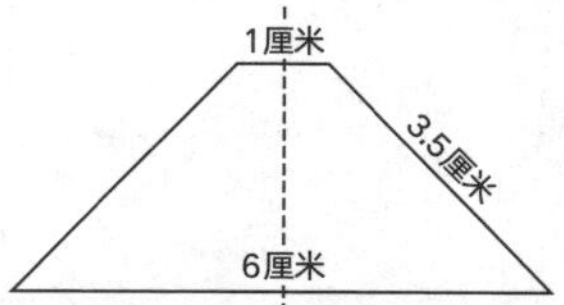

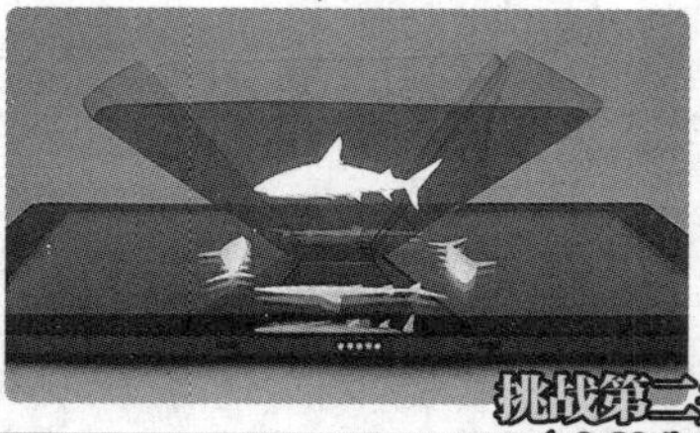

挑战第二关：（0-20分）

特别提醒：
取下矿泉水瓶阴影标示这一部分，也同样可以展示幻象！

罗西学长的考验（5分）

鹫的敏锐！
像狮鹫一样
缜密的逻辑力！

◎难度系数：★★★★

新的挑战！

谜题2：梦的启示

你走入一楼大厅，墙上挂着名画《梦》，正在培养艺术兴趣的罗西问道：“画框上有道谜题，你能破解吗？只有聪明人才有资格知道接下来去哪儿。”

提示：

一个人的数学水平，通常和智商成正比。不懂？出门右转是笨蛋乐园。

答案：

每行每列都是不能重复出现的数字0到9，所以答案是5。去五楼吧，那里有新的考验正等着你！

解码天才的密语！

密码留言为了方便信息的传递，往往会有隐秘的对照规律。找出其中的规律，往往就能破解这些重要信息。

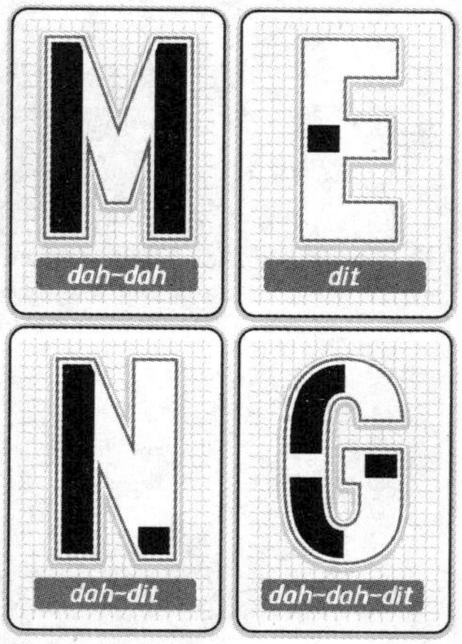

比如，摩尔斯电码就是一种神奇的密码，它通过时通时断的信号代码的不同排序，从而表现出不同的英文字母、数字以及标点符号等。

试试**“梦”的摩尔斯电码**吧！

制作专属密语表！

试着在对应字母里面，画上你给予的特殊符号！
切记别太复杂，否则会让信息传递变得麻烦。

❶用专属密语写出“梦”。（5 分）

❷用专属密语留下你的大名。（5 分）

❸给你的密友，发送一条专属密语吧。记得把密语表也发给他哟！（5 分）

机密

戚梦萦学姐的考验（5分）

狼的直觉！

像雪狼一样准确的判断力！

◎难度系数：★★★

新的挑战！

谜题3：说谎的警卫

终于抵达五楼了，学姐戚梦萦告诉你，面前的两个警卫，一个只说实话，一个只说谎话，只有一次提问的机会，你该如何问出去院长办公室的路？

提示：

我有一个建议，可以试着和他们聊聊。保持谨慎，积极思考。

答案：

问任意一个警卫："如果我问另外一位警卫，他会告诉我走哪条路才能到院长办公室呢？"然后根据回答往反方向走即可。

测谎高手在这里！

为完成狩梦任务，经常需要找到新的线索。但敌人往往隐藏其中，制造谎言混淆视听。能否辨别谎言，就非常重要！

下面这些小窍门，教你**识破谎言**！

【表情&动作】

❶右眼往上看

左眼向上挑，说明在回忆事情。右眼向上挑，说明在虚构事情，有可能在撒谎。

❷避免眼神接触

说谎时避免眼神接触，否则会增加心理负担。因此，说谎者说谎时会习惯看向别处。

❸摸鼻子

说谎时脸部会变红，鼻子也会发热，甚至还会有一点儿膨胀。说谎者会不经意地触摸鼻子。

❹反常微动作

抿嘴是有压力的表现。说谎时可能会频繁地抿嘴。摆弄手指、下意识地抚摸身体某一部位等微动作，都不可错过。

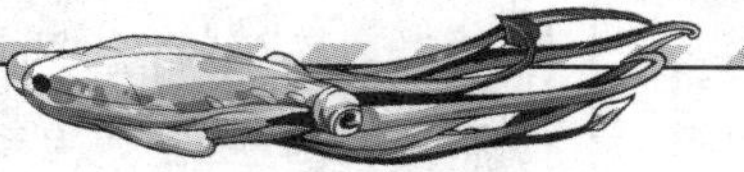

【语言】

❶过度解释

口语变得冗长且正式。听听下面的句子：我没说谎。我可以非常肯定地说我没有、绝对也永远不会说谎。

❷避免说“我”

说谎时本能会避开提到自己。

❸细节很完美

记忆力再好的人也不可能每次“回忆”都一样。如果有人说起回忆就像背书，那可得当心了。

【一起来玩测谎游戏！】

找朋友询问你想问的问题，让他把答案写在纸上。然后你猜猜他是否说谎。（尝试三次，成功一次记 5 分）

□你怀疑他说谎了吗？

□哪些细节说明他在说谎？

□你打算追问哪些问题，确定判断？

□你的猜测正确吗？

□哪些细节误导了你？

挑战第四关：

（0-20分）

试炼资格逻辑考验！

院长办公室

是确定？探索之力！

胜利就在眼前
试炼资格申请谜题

院长交代，智慧杰出者，
方能获得狩梦人资格。
请接受考验！

秀琳的谜题：

❶根据秀琳提示，院长的印章在桌角的密码盒里，你能帮她打开盒子吗？（5分）

◎难度系数：★★★★

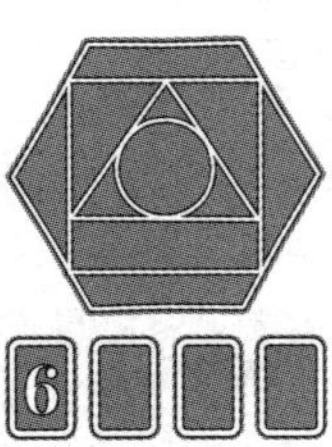

❷你的狩梦人资格申请表和绘有戚梦来头像的《庄周梦蝶的解析》放在一起，你能顺利找到它吗？（5分）

◎难度系数：★★★

❸秀琳说：“中午十二点开始，分针每转过450°，我会给院长泡茶水，泡第三次时他会回来。”你知道院长回来时是几点吗？（10分）

◎难度系数：★★★

挑战第五关：
（0–20分）

来自院长的口信：

狩梦人面临着无数挑战，知识的累积会让我们更优秀。

答案：

1.密码是从外到内依次看每层图形有几个角，即6430；

2.请看示意图；

3.当指在十二点上的分针转过450°时，时针便会向前推进一格变成13:15，以此类推再转动两次，时间就是15:45。

新的挑战!

狩梦人资格申请表

你希望被授予的狩梦人称号

在填写申请表前，我们希望你已经完成之前所有的测试，并获得测试结果和自己内心的答案。在此之后，如果你非常想要成为狩梦人，请你认真填写申请表，我们期待你的反馈和你的加入！

狩梦人资格申请表（通过此前狩梦测验之后，请认真填写本表。）

就在今天，龙巢基地第十一区永眠墓地，非常荣幸又有一位卓越的勇者即将加入我们的行列。尊敬的勇者 ______ 在刚刚结束的狩梦人测验中，你表现优异：

←您的狩梦人名号

❶我的初始能力更偏向于：

初始 第一关 第二关 第三关 第四关 第五关

☐记忆力 ☐想象力 ☐观察力 ☐逻辑力 ☐分析力 ☐实践力

❷我的精神能量更多源于：

☐对父母和朋友的爱 ☐保护动物植物 ☐伸张正义 ☐探索未知及秘密

❸我成为狩梦人，更想对抗：

☐自然灾难 ☐战争 ☐邪恶 ☐疾病 ☐其他

❹希望拥有不凡的力量：

您想拥有的狩梦人技能叫什么？
技能施放效果如何？

❺希望狩梦人组织是团结的大家庭

如果你来设计，
狩梦人章程会是怎样？

❻让我们拥有狩梦人响亮的口号：

独一无二的龙巢基地图腾

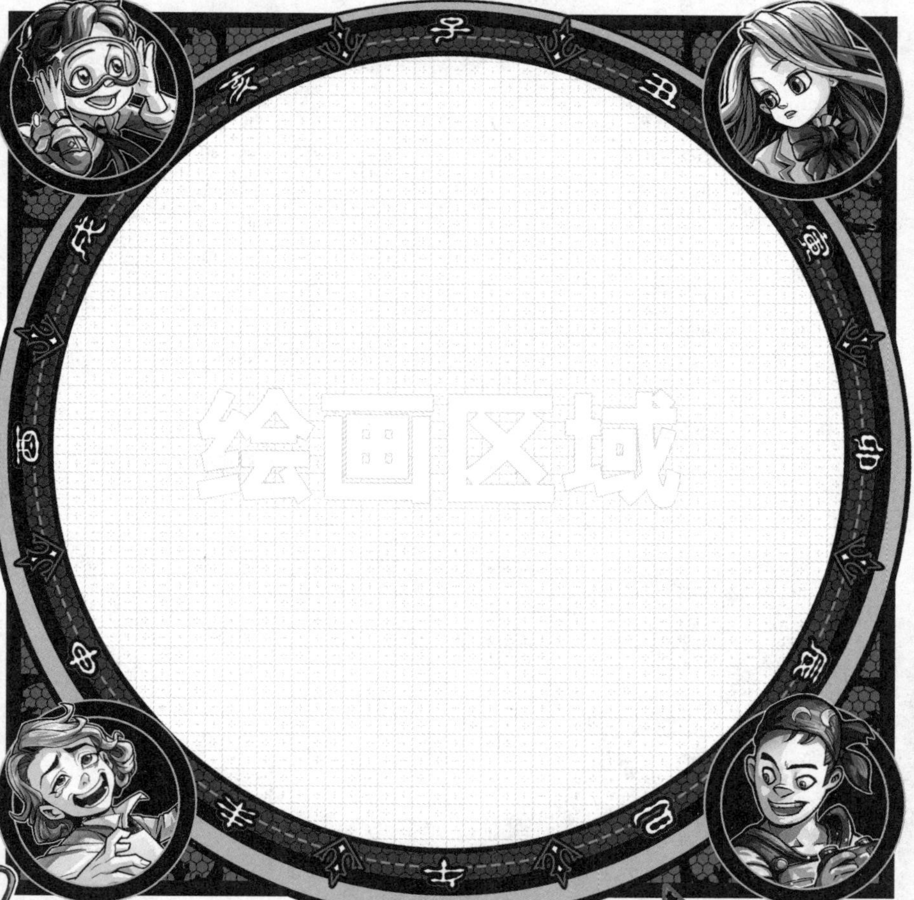

所有看见过龙巢基地图腾的人，都能辨认出图腾中暗藏的甲骨文“梦”的字样。但每个人看到的图腾，都不一样。有人看到金龙拱卫，有人看到黑云蔽日，更有人看到无数奇怪的符号堆叠……

试着结合申请表中提到的要素，画出你心中感知到的龙巢基地图腾吧！

初始挑战答案：

1. 五眼乌鸦
2. HX-07 型幻象冻毒
3. 《庄周梦蝶的解析》
4. 亚吉城
5. 3 号实验体
6. 永眠墓地

《狩梦奇航》创作者名单

◎索飞澜工作室◎

制 作 人 …………………… **雷 铸**

绘　　制

彩色绘制 …………………… **林 勃**

原画绘制 …………………… **楼奕东**、**叶俊人**、**雷 铸**

包装设计

美术设计 …………………… **雷 鸿**

印　　务 …………………… **刘厚松**

图片制作 …………………… **李文耀**、**陆琲卿**、**周 琳**

策划统筹 …………………… **谢 燕**

文案助理 …………………… **王诗慧**、**倪 玥**

特别感谢 …………………… **李晓露**、**刘娇龙**、**赵思颖**、**丁 睿**、**周莎莎**

图书在版编目（CIP）数据

狩梦奇航．1，孤勇者的觉醒 / 郭妮著 ；索飞澜绘．— 昆明 ：晨光出版社，2023.1
ISBN 978-7-5715-1637-6

Ⅰ．①狩… Ⅱ．①郭… ②索… Ⅲ．①幻想小说－中国－当代 Ⅳ．①I247.5

中国版本图书馆CIP数据核字（2022）第182984号

狩梦奇航 1 孤勇者的觉醒
SHOUMENG QIHANG 1 GUYONGZHE DE JUEXING
郭妮 著　　索飞澜 绘

出版人	杨旭恒
责任编辑	洪　玥
特约编辑	刘树东 陈佳敏
插　　画	索飞澜
装帧设计	蛙圃文化
责任校对	杨小彤
责任印制	廖颖坤
出版发行	云南出版集团　晨光出版社
地　　址	昆明市环城西路609号新闻出版大楼
邮　　编	650034
电　　话	0871-64186745（发行部） 0871-64178927（互联网营销部）
法律顾问	云南上首律师事务所　杜晓秋
印　　装	北京世纪恒宇印刷有限公司
经　　销	果麦文化传媒股份有限公司
版　　次	2023年1月第1版
印　　次	2023年1月第1次印刷
书　　号	978-7-5715-1637-6
开　　本	145mm×210mm　32开
印　　张	6.75
插　　页	4
字　　数	139千
定　　价	29.80元

如发现印装质量问题，影响阅读，请联系021-64386496调换。

狩梦奇航 1 孤勇者的觉醒

作者 _ 郭妮　绘者 _ 索飞澜

产品经理 _ 刘树东 陈佳敏　装帧设计 _ 蛙圃文化　产品总监 _ 何娜

技术编辑 _ 顾逸飞　责任印制 _ 陈金　出品人 _ 王誉

营销团队 _ 营销与品牌部

鸣谢（排名不分先后）

科大讯飞

果麦

www.guomai.cc

以 微 小 的 力 量 推 动 文 明